映画ノベライズ

TONKATSU-DJ AGETARO

とんかつDJアゲ太郎

勝又家
とんかつ屋『しぶかつ』

勝又揚太郎
演 北村匠海
『しぶかつ』三代目。ある日出前を頼まれたきっかけで、クラブに出会う。

憧れ

服部苑子
演 山本舞香
スタイリスト見習いの女の子。

勝又揚作
演 ブラザートム
『しぶかつ』二代目。揚太郎の父。

勝又かつ代
演 片岡礼子
揚太郎の母。

勝又ころも
演 池間夏海
揚太郎の妹。

室 満夫
演 加藤 諒
『円山旅館』三代目。

夏目球児
演 浅香航大
『東横ネオン電飾』三代目。

平積タカシ
演 前原 滉
『宇田川ブックセンター』三代目。

白井錠助
演 栗原 類
『道玄坂薬局』三代目。

三代目道玄坂ブラザーズ

DJのライバル

DJの師匠

尾入伊織(DJオイリー)
演 伊勢谷友介
渋谷のクラブを中心に活動するDJ。

屋敷蔵人
演 伊藤健太郎
IT社長も務めるスゴ腕のDJ。

豚肉もフロアもアゲられる男
「とんかつDJ」になれるのか!?

集英社オレンジ文庫

映画ノベライズ

とんかつDJアゲ太郎

折輝真透
原作／イーピャオ・小山ゆうじろう
脚本／二宮　健

本書は、映画「とんかつＤＪアゲ太郎」の脚本（二宮　健）に基づき、書き下ろされています。

CONTENTS

プロローグ 10
1章 14
2章 49
3章 108
4章 161
エピローグ 219

映画ノベライズ

TONKATSU-DJ AGETARO

とんかつDJアゲ太郎

プロローグ

フライヤーの中。

熱された琥珀《こはく》色の油にたゆたう一枚のとんかつ。

プチプチという油裂音《ゆれつおん》を立てながら、今まさに揚げ上がろうとするとんかつが、最高のタイミングで菜箸《さいばし》にすくい取られる。


若者カルチャーの聖地――渋谷《しぶや》。

１０９。道玄坂《どうげんざか》。スクランブル交差点。渋谷センター街。しぶや百軒店《ひゃっけんだな》。忠犬ハチ公。

探してみれば意外と見つかるブタ広告、ブタシール、ブタ落書き。探してみよう隠れピッギー。プチ公園通りの『ＺＩＫＺＩＮ《チッチン》』前にブタ二匹。

そんな様々な顔を持つ街『渋谷』。

その片隅《かたすみ》に、ちょっとのどかなもう一つの顔がある。

道玄坂二丁目と神泉町《しんせん》に挟まれた円山町《まるやま》だ。

円山町の老舗《しにせ》ホテル『円山旅館』。

一階の奥行のある洋風のロビーには、旅人を先へと導くように赤いじゅうたんが敷かれている。突き当たりを曲がったところにある小さな受付にたどり着くと、オレンジ色の法被《はっぴ》を着たスタッフが迎え入れてくれる。

だが受付のすぐ隣にある鉄扉《てつび》は閉ざされたままだ。〈関係者以外立入禁止〉の表示まで掲げ、羽を伸ばしにやってきた顧客を威圧している。

鉄扉の先にある地下へと続く階段には、いろんな物が雑多に置かれている。赤色灯が警告の光を発し、〈危険〉、〈ドローン監視中〉、〈女子禁制〉の標識が精神的に行く手を阻《はば》む。

階段を下りれば、そこは『円山旅館』のアンダーグラウンド。男湯ののれんをくぐると、今は使われていない空き宴会場が顔を出す。〈祝1964　東京オリンピック　私達は応援します!!〉の巨大な祝旗もいまだに片付けられていない空間だ。

ここを秘密基地とするのが『三代目道玄坂ブラザーズ』。構成メンバーは道玄坂円山町会の幼馴染《おさななじ》み五人組で、それぞれが家業の三代目だ。

空き宴会場に置かれていたラジカセが、さっきまで流していた音楽をふいに止めた。

でも四つのにぎやかな声は終わらない。人生ゲームに夢中になっている彼らは、おもちゃのお金を奪い合い、じゃんけんをして盛り上がっていた。

「あ?」

「あれ? なんでそれ持ってんの?」

「ちょんぼしてんな、これ」

「ちょんぼしてね〜よ!」

そこに一人足りないことにも、彼らはまだ気づいていないようだ。

「ほらー」

「ふざけんなよ」

「ウソ〜、うふふ」

「もういいからタカシ、回せよ〜」

勢いよく回されるルーレット。

使い古された盤上の道をそれぞれの見た目を模した四つのコマが進んでいく。

「おっ、ノーベル賞受賞、六万ドル!」

「油田発見、二〇万ドル」

「先祖代々の土地を売る……代々ってオレらまだ三代目だけどな」

盤上にはたった一つだけ、動かされていないコマがあった。

キャップを被ったそのコマは、止まったままのルーレットを見つめている。

オレの人生のルーレットはいつ回りはじめるんだと訴えているように。

「ってか、満夫《みつお》、アゲは?」

「知らないよ」

「どこで油売ってんだよ、あいつ」

「揚太郎《あげたろう》、人生ゲーム弱いよ」

「あいつ、すぐ投げ出すしな」

「あいつ、いねーと、始まんねーだろ」

1章

その青年は、清掃中の客室の窓から外を見つめていた。

頭に被ったキャップには〈SHIBUKATSU《シブカツ》〉の文字に、キュートなブタのロゴが刺繍《ししゅう》されている。

勝又《かつまた》揚《あげ》太郎《たろう》。二十一歳。とんかつ屋『しぶかつ』三代目。

揚太郎は何食わぬ顔で双眼鏡を取り出した。

ストローでシェイクをすすりながら、向かい側のビルの一室を覗《のぞ》く。

双眼鏡で丸く切り取られた視界にはポニーテールの美しい女性が映っていた。ハンガーラックの並ぶ衣裳《いしょう》部屋で、オシャレな衣服を整理している。

キラキラ輝く彼女の姿に、今日も揚太郎は見入っていた。

（社員証とか首から提げてくんねえかな。そうすれば名前わかるのに……）

「おい、アゲ！　何してんだよ！」

やかましい幼馴染《おさななじ》みたちが客室に入ってきた。

先陣を切ってきた夏目球児《なつめきゅうじ》がベッドに横たわる。『東横《とうよこ》ネオン電飾』三代目の彼は、いつも白い手ぬぐいを鉢巻《はちま》きスタイルで巻いている。見た目は金髪をしたオラオラ系男子だが中身はまだまだ中学生並みだ。

「……アゲ、なに見てるの？」

揚太郎の隣から顔を出し、しょうゆ顔のハムスター系男子が外を覗いた。オレンジ色の法被《はっぴ》を羽織った彼は『円山《まるやま》旅館』三代目・室満夫《むろみつお》。

揚太郎は思わず嘆く。

「なんでオレたちの人生には、あんなかわいい子がいないんだ」

揚太郎の手から双眼鏡が取り上げられる。

双眼鏡を覗き込むのは『宇田川《うだがわ》ブックセンター』三代目の平積《ひらづみ》タカシ。おかっぱ頭に丸い縁のメガネといった、とっくに遺影を飾っていそうな昭和の文豪系男子だ。

タカシはすぐに顔を上げる。

「あれはバグだな、生まれる星を間違えてきたんだよ」

揚太郎は納得がいかなかった。

「同じ渋谷《しぶや》にいるのに？」

「同じ渋谷だけど、あの女の子はうちの本屋には来ない」

「うちの旅館も選ばない」

タカシから双眼鏡を受け取った満夫も、真剣に同意した。

「うちの薬局でも見たことないね〜」

満夫から回ってきた双眼鏡を覗き込み、白井錠助《しらいじょうすけ》が言った。『道玄坂薬局《どうげんざかやっきょく》』三代目の錠助は、白衣をまとった長髪の塩顔系男子だ。

球児が錠助から双眼鏡を奪い取り、向かい側のビルの女性を覗く。

タカシは諭すように揚太郎へ言う。

「ちなみに、お前のとこのとんかつも食べに来ない。そもそも揚げた豚肉《ぶた》を食わない、あいう子は」

「じゃあ、なんなら食べるんだよ〜」

揚太郎は萎《しお》れた。

顎《あご》に指を添えていた錠助は、なにやらピンときたようだ。

「生ハムじゃない?」

「そしてチーズ&ワイン」

満夫がそう返し、振り返って錠助と頷《うなず》き合った。

タカシも、ザッツライトと指を鳴らした。

「バグの影響でこの星に生まれ、ワインを飲むことを生きがいにしている……」

双眼鏡から顔を上げた球児が、難解な電気盤にぶちあたったように呟《つぶや》き続ける。

「そんな女の子のどこがいいんだ?」

「ほっとけ」

揚太郎は怒ったように球児から双眼鏡を取り戻した。そして再び向かい側のビルの女性を覗き込む。

球児が揚太郎の肩を摑《つか》んで強く揺する。

「さ、揚太郎! 人生ゲームだ、人生ゲーム!」

うぇーいと盛り上がる球児、満夫、タカシ、錠助の四人。

「あ、オレ、いい」

「「「「アゲ~」」」」

白ける四人に、揚太郎は双眼鏡で美しい女性を覗き込んだまま、自分に言い聞かせるように呟く。

「人生、一回きりだろ」

(なのにオレの人生、まだ始まってない……)

（もっと前に進みてえ！　このままじゃだめなんだ！　もっと……前に……!!）

（あの子に振り向いてもらえるような男に!!）

ふと、彼女が顔を上げる。

目が合った。

「!?」

揚太郎は驚きのあまり、双眼鏡を下ろして前のめりになる。

でも裸眼では、衣裳部屋の彼女の表情ははっきりしない。

慌てて揚太郎は再び双眼鏡を覗き込むが、美しい女性は衣裳整理を続けていた。

（気のせいってことか……？）

「その一回の人生、とんかつ屋でこき使われてるだけじゃねーかよ」

球児のかんちょー攻撃に、揚太郎はおしりを引っ込めて言い返す。

「は？　お前なんか電球つけ替えてるだけだろーが」

「おっと？　キャベツ切って皿洗ってるだけの奴より充実してるぜ？」

内線電話が鳴ったのはそのときだ。満夫が受話器を手に取り耳に押し当てる。

「ん、揚太郎？　いるよ」

名前を呼ばれ振り返る揚太郎に、満夫は受話器の送話口を手で押さえる。

「揚太郎、うちの親父のところに、ころもちゃんから電話があったって」

思い出したように揚太郎はポケットからスマホを取り出し、時刻を確認する。

「あ、やべ、店戻んなきゃ！　また今夜な！」

揚太郎は一目散に客室を出ていった。


揚太郎は渋谷のホテル街を走っていく。『円山旅館』とは雰囲気の違う、ショートタイムを導入したピンクサイトのホテルたちが並んでいる。

耳に押し当てたスマホからは、妹の呆《あき》れた声が聞こえてくる。

〈お兄ちゃん、サボりすぎ〉

「お前さあ、満夫の親父に電話するなんて反則だろ！」

〈お兄ちゃんが電話出ないからでしょ〉

「電話より大切なことがあんだよ！　……親父は？」

〈怒ってるでしょ、そりゃ……〉

揚太郎はスマホをポケットにしまい、足を速めた。

揚太郎は小さな陸橋の下を駆け抜けていく。

壁に並んだ〈DJ YaShiKi《ヤシキ》〉のポスターには目もくれず、渋谷の街を疾走する。

落書きだらけの塀を進んでいくと、〈とんかつ〉の看板が見つかる。そこに書かれた矢印に従って、入り組んだ細い道を駆けていく。

やがて見えてくるのが〈しぶかつ〉と書かれたのれんだ。

とんかつ屋『しぶかつ』。

閑静《かんせい》な住宅街にあるその店は、知る人ぞ知る隠れた名店。

〈営業中〉の札がかけられたこの時間、すでに店前の〈しぶかつ〉電光看板の後ろに、四、五人の短い行列ができている。

「いらっしゃいませー!」

揚太郎は待っているお客さんに声をかけ、店内に駆け込んだ。

ピーク時を迎えた店内では、勝又家の三人がせわしなく働いていた。

店に入った揚太郎をお客さんだと勘違いしたようだ。揚太郎の母親・勝又かつ代《よ》が、みそ汁をよそりながら言う。

「いらっしゃいませ」

揚げ場に立っていた揚太郎の父親・勝又揚作《あげさく》が顔を上げる。

父親と目が合い、揚太郎は反応を窺《うかが》いながら後ろ手に扉を閉める。

揚作はとんかつを菜箸《さいばし》で挟んだまま、しばらくこちらを見つめていた。だがやがて揚作は何事もなかったように仕事へ戻った。

揚太郎はほっと胸をなでおろし、厨房《ちゅうぼう》へ駆け込んだ。

「へーい、到着！」

「お兄ちゃん」

キャベツの千切りに励む揚太郎の妹・勝又ころもは、やれやれと首を振った。

「なんだ、親父、全然怒ってねーじゃん」

「呆れてるんだよ」

手を洗う揚太郎は聞いていなかった。

「代われ」

揚太郎が持ち場を交代すると、ころもは何も言わずにホールへと出ていった。

揚太郎はかったるそうにため息をついてから、包丁を握りキャベツに手を置いた。

猛烈なスピードで上下する包丁が、キャベツを細かく刻んでいく。キャベツの千切りは揚太郎の唯一の特技だ。

まな板と包丁の刃が立てる音が、一定のリズムを刻んでいく。

ダン、ダン、ダン、ダン
ダン、ダン、ダン、ダン

店内には様々な音が響いている。お客さんの陽気な話し声もその一つ。

「ロースかつ定食を一つお願いします」

「はい、かしこまりました」

オーダーを受けるころもの声もその一つ。

でも『しぶかつ』に響く音の中で、なによりも欠かせない音はこれしかない。

高熱の油で揚げられる、とんかつが立てる油裂音《ゆれつおん》だ。

プチ、プチ、プチ、プチ
プチ、プチ、プチ、プチ

フライヤーの中で一七〇℃~一七五℃に熱された琥珀《こはく》色の油に、パン粉をまとった豚肉が揚げられていく。

揚げ場で菜箸を携《たずさ》えている揚作は、黙ってフライヤーを見下ろしていた。疲れて休んでいると思ったら大間違いだ。一代目揚松《あげまつ》から受け継がれた『しぶかつ』の看板は、気軽に背負えるものではない。揚作は全神経を集中させ、とんかつの揚がり具合を見ているのだ。

揚作は目を閉じ、フライヤーの中から聞こえる音へ意識を集中する。

とんかつを油から抜き取る最高のタイミングは、泡が小さくなってきた瞬間だ。油裂音が、プチプチプチプチプチからプップップップップッへ変わる、その瞬間……。

「プッ、ハハハハッ！」

下品な笑い声に邪魔され、揚作は目を開けた。

「わっ、やべー、なんだこいつ」

背後から聞こえる声に、揚作はゆっくりと振り返る。

そこにはキャベツを千切りしている揚太郎の背中があった。でも揚太郎は手元を見ていない。代わりにスマホでユーチューブを見ている。動画の中では長髪の男がどこかの惑星をレペゼンしていた。

揚作は目を剝《む》くが、すぐに呆れて口を閉ざした。

気を取り直し、揚作は豚肉に塩とコショウをまぶす。

揚太郎が目の前を通る。手にした二つの定食をホールへ運んでいくようだ。

揚作は揚太郎の動向を目で追った。

揚太郎が揚げ場に立つその日を、揚作はずっと待っている。いつまでも息子にキャベツを切らせていたくはない。わざわざ〈揚〉の字を息子に冠した理由は、一代目から続く『しぶかつ』のとんかつを受け継いでほしいからだ。

でも接客がきちんとできないうちはとんかつを揚げさせることができない。

揚作は期待を込めて揚太郎の接客を見守る。

「はい、お待たせしましたー、どうぞ」

揚太郎はおじさん客とおばさん客に定食を届けた。

いただきますと両手を合わせたおじさん客が、なにやら気づく。

「ん？　おい、これロースだぞ」

「それが何か?」

立ち止まる揚太郎に、おじさん客は言う。

「ヒレだぞ、頼んだの」

「あれ、おばさんヒレ?」

「ロースだよ」

揚太郎に指さされたおばさん客が怒って言った。

「あ、ごめんなさい。すいません～」

揚太郎はヒレかつ定食とロースかつ定食を交換し、

「一丁あがり～」

と呟き、さっさと厨房へ戻っていく。

「雑だよ。雑だな～」

おじさん客は不満を漏らす。

揚作は不肖の息子を睨《にら》みつけ、パン粉をまとった豚肉をパンパンと叩いた。


そんなこんなで陽《ひ》が暮れていく。

渋谷の中心街を埋め尽くすいろんな灯《あか》りが、一際はっきりと輝きを増していく。

夜の街——渋谷のもう一つの顔が目を覚ましていく。


店前に出していた〈しぶかつ〉の電光看板を消灯し、揚太郎はそれを店内へと運び入れる。

店内では今日最後のお客さんがお会計を済ませていた。常連の老人だ。

「ごちそうさま」

「「「ありがとうございました～」」」

ころも、揚作、揚太郎の元気な掛け声。かつ代は先にあがってママさんカラオケに出かけていた。

常連の老人は揚太郎を呼び止める。

「よぉ、いつ継ぐんだ？」

「え？」

「二代目はお前の歳《とし》くらいには、揚げ場に立ってたぞ」

揚太郎は揚げ場へ顔を向ける。

恥ずかしいのかなんなのか、揚作は珍しく笑みをこぼしていた。

「元気なうちに揚太郎のとんかつ食いてえなあ」

笑顔でそう言った常連の老人に、揚太郎も満面の笑みを浮かべて親指を立てた。

「任せてください」

揚げ場の揚作がちらりと揚太郎を盗み見た。

テーブルを拭いていたころも唖然《あぜん》とした表情で揚太郎を見つめた。

「んじゃ」

常連の老人が店を出ていく。

「ありがとうございました。足もと気をつけて」

揚作が声をかけて見送った。

揚太郎は腰に巻いていたエプロンを取り、揚げ場を片付ける揚作へ得意げな顔を向ける。

「だってさ。オレもそろそろ肉揚げるタイミングが来たか」

反応のない揚作に、揚太郎は尋《たず》ねる。

「親父、聞いてる？」

「簡単に考えるな」

揚作は取り合う気もなく突っぱねた。

ホールではころもが気まずそうにテーブルを拭いている。

面食らった揚太郎は、語気を強めて揚作に言い返す。

「こっちは何年もキャベツばっか切らされてんだよ！　そろそろ肉のこと教えてくれねーと、継げるものも継げねーだろ！」

「キャベツ切ってるだけで、なにも考えてないんだな」

「は？」

（……キャベツ切るのに考えることなんてあるのか？）

「じゃあ、どうしろって？」

「そんなこともわかんねえ奴が揚げた肉なんて、誰も食わねえよ」

「誰も食わない……？」

揚太郎はますます混乱した。

（たしかに、親父のとんかつは旨《うま》い。すぐに親父レベルのとんかつを揚げるなんて、オレにはできねえ……）

（だからこそ練習あるのみだろ？　そうやってとんかつ道を進んでいくんだろ？）

（あれもだめ。これもだめ。そうやって親父の都合で制限されてたら、いつまでも前に進めねえよ）

（もっと自由にやらせてくれればオレだって……）

プルルルル

店内に漂う不穏な空気をかき消すように電話が鳴り出した。

ころもが清掃をやめて受話器を取る。

「はい、『しぶかつ』です。……はい。……あ、すいません、今日はもう閉店してて……」

「なんだって？」

揚作が揚げ場の片付けを止めた。

「少々お待ちください」ころもは受話器の送話口を手でふさぐ。「ロースしぶかつ弁当だって」

「ああ、大丈夫」

とんかつを作りはじめる揚作に、ころもは再び受話器を耳に当てる。

「今からお届けに参ります。はい。お届け先をお伺いしたいのですが……」

(さっさと退散しておくか。今夜また『三代目道玄坂ブラザーズ』で集まる予定が――)

「あ、お前が届けろ」

「ええ～!?」

揚太郎を見ることなく、揚作は付け足す。

「おい、あとな、無理に店継がなくていいんだぞ」

(それって、オレにとんかつ道を歩ませないってことか……?)

揚太郎は揚作の真意を窺うように、しばらく父親を見つめていた。

揚作がフライヤーに入れる衣をまとった豚肉が、ジュワアアアアと音を立てる。

『円山旅館』の地下にある空き宴会場では、球児、満夫、タカシ、錠助の四人がいつものように集まっていた。

テーブルを囲む四人は、トランプのカードを一枚ずつおでこに押し当てていた。自分だけは見えないカードの数字を、相手の反応を見て探り勝負するインディアンポーカーだ。

ハートのエースをおでこに押し当てている球児が、満夫へブラフをふっかける。

「満夫、ジャックだ」

スペードの3をおでこに押し当てる満夫が「うぅ?」と笑う。

錠助のクローバーの10、タカシのハートの6を確認し、球児はほくそ笑む。

すかさず錠助は球児を指さして教える。

「言っとっけど、お前が一番弱いぞ」

「は?」

ブラフなのかどうか探る球児。彼には見えていないが、ハートのエースは最弱カードだ。

今夜も足りないもう一人は、テーブルの上に置かれたスマホのグループ通話で繋《つな》がっていた。


夜の渋谷。居酒屋やオシャレな喫茶店が並んでいる。

揚太郎はスマホで『三代目道玄坂ブラザーズ』とグループ通話をしながら、届け先のメモを頼りに『しぶかつ』弁当を携え歩いていた。

スマホから球児の声が届く。

〈まあまあまあ、いい親じゃん〉

「いやいやいやいや」

揚太郎はどっちつかずの態度で否定した。

錠助の声がスマホから返ってくる。

〈オレもできれば薬屋継ぎたくないもん〉

会話の内容は、揚作から家業を継がなくてもいいと言われたことだった。

球児と錠助の言う通り、家業に息子を縛りつけない親はいい親なのかもしれない。どっちかといえば揚太郎自身も、もっと好きなことを自由にやってみたい気はあった。

でも今さら突き放されるように言われると、揚作の言葉は素直に受け取れなかった。

〈じゃあ言やいいじゃん。店継ぎたいって〉

スマホ越しにタカシが言った。

揚太郎は釈然としないまま答える。

「いや、なんかさ、それだとすっげーやりたいみたいじゃん？」

〈え？〉

とタカシの声。

「いや、オレ、べつに店継ぎたいとかじゃなくて、他にやりたいことないからやってるだけなの」

（オレはただ、勝又家に生まれ落ちただけ……とんかつ家系に生まれ落ちただけ……）

（進むべき道が、とんかつ道以外にないってだけだ）

揚太郎は同意を求めるように、幼馴染みの三代目たちに訊《き》く。

「お前らだってそうだろ？」

〈一緒にすんな〉

スマホから球児の声が届いた。

だが揚太郎は聞いていなかった。

『しぶかつ』を継げない未来を思い浮かべ、揚太郎は一人嘆く。

「はー、オレもう、就活とか嫌だよー」


渋谷の街並みが変わっていく。

揚太郎はホテル街を歩いていた。

怪しげなネオンライトが照らす細い道には、キラキラした若者たちが行き交っている。

（とんかつを食べたい奴がいるような雰囲気じゃないだろ……）

揚太郎はメモを見返すが、方向はこっちで間違っていないようだ。


目的地にたどり着いた揚太郎は、思わず足を止めた。

『WOMB《ウーム》』。

若者カルチャーの最先端を突っ走る渋谷の超重要クラブだ。

エントランス前には揚太郎とは別世界の住人たちが列を作っている。

列の先では、クラブスタッフがインカムで店内とやり取りしながら、IDチェックを終えたクラブ客を店内へと入れていた。

（絶対、オレが来ていい場所じゃないよな、ここ……）

揚太郎は自分の服装を確かめる。

白い調理服にジャンパーを羽織った格好。腰には会計用のお金が入ったポーチ。頭には〈SHIBUKATSU〉キャップ。どれも油の臭いがしみ込んでいる。

（……だが帰れねえ！）

揚太郎はおそるおそる歩を進める。

こちらを見もしないリア充たちに、揚太郎は一人ずつチェックを入れていく。

（……なるほど。そういう服をそう着るわけか。うんうん、わかるわかる）

「『しぶかつ』さん!?」

揚太郎が顔を上げると、さわやかな笑顔を向けてくるクラブスタッフの姿があった。

彼——名前は箱崎保《はこざきたもつ》というらしい——が手招きしている。

「こっちこっちこっち！　こっちこっち！」

揚太郎が駆け寄ると、箱崎は背中に手を回してきた。

「いやー、すいませんね、こんな時間に来てもらっちゃって」

「いえいえ」

「ちょっと入って」箱崎はクラブスタッフに声をかける。「佐藤《さとう》、ちょっと通して」

IDチェックをしていたクラブスタッフの脇を通り、揚太郎は箱崎に続いてクラブ内へと入っていった。


『WOMB』の楽屋。

オイリーはテーブルに突っ伏していた。

「もー、入り時間間違って伝えたんだからさー、飯ぐらい用意するのは普通でしょー」

入り口わきに立つクラブスタッフ・護野助手《まもるのじょしゅ》に向かって、オイリーは文句を垂れた。

サファリハットを被った四十三歳の中年男――本名〈尾入伊織《おいりいおり》〉は、自動販売機のお釣り返却口をいちいち確かめていそうな雰囲気を漂わせている。脂《あぶら》ぎった黒髪。口周りに蓄《たくわ》えられたヒゲ。やせ細った身体《からだ》はキャノーラ油をがぶ飲みしたって膨らまない。

そんなオイリーにはもう一つの顔がある。

数多《あまた》のクラブを渡り歩く『ＤＪオイリー』としての顔だ。

そのいぶし銀のＤＪプレイにはクラブ関係者も信頼を置いており、カルチャー雑誌〈ＰＹＥＰＯ《パイポ》〉にもたびたび取り上げられるほど根強い人気を誇っている。今夜もこれから『ＷＯＭＢ』のフロアをアゲる予定だ。

ただ、腹が減っていた。ＤＪの出演料はピンキリなのだ。他に仕事をしていないオイリーは貧乏生活を送っており、今日はまだ何も口にしていなかった。

「オイリーさん、届きましたよ」

廊下から聞こえてくる箱崎の声に、オイリーは顔を上げた。

楽屋に入ってきた箱崎は、おどおどする青年――たしか『しぶかつ』三代目だ――を引き連れていた。

「オイリーさん、ほら、ご所望のロースかつ弁当」

箱崎の言葉が終わらないうちに、オイリーは青年から弁当を奪い取る。

「これだよ」

弁当の蓋《ふた》を開け、オイリーは素手のままとんかつを勢いよく頬張《ほお》った。

スウウゥウゥ、たまんねえ～！　冷えはじめた油が胃袋に染み渡るこの感じ～！

入り口わきで白けている護野に、オイリーはとんかつを指さしてやる。

「食ったことある？」

「とんかつっすか？　はい」

「バカ、『しぶかつ』のとんかつは、ただのとんかつじゃない。円山町のソウルフードなんだよ」

オイリーは護野に見せつけながらとんかつ弁当にがっついた。

目の前でとんかつ弁当を貪《むさぼ》り食らう中年男の姿に、揚太郎は楽屋で立ち尽くしていた。

（な、なんだ、この人のオーラは……。正直、ちょっと引いてる自分がいる……）

「タカっといて語ってんじゃねえよ」

スタッフ・護野が中年男にぼやいた。

揚太郎は振り返った。でもしれっとあらぬ方向を向いている護野とは目が合わなかった。

揚太郎は再び中年男へ顔を戻す。男は無我夢中でしぶかつ弁当を貪っている。

(……ひょっとしてオレは、この人のオーラに惹《ひ》かれているわけではないのか?)

(この人の動物的な一面を引き出した親父のとんかつに、圧倒されているのか……?)

揚太郎はまだ自分の気持ちを摑みきれないでいた。


楽屋前の廊下。

「はい、ありがとー」

箱崎から弁当代を受け取っていると、揚太郎の耳にガサツな笑い声が聞こえてきた。

揚太郎が振り返ると、オイリーが黄色い歯をのぞかせていた。

「やっぱ旨いよ、『しぶかつ』。ありがとな、少年」

オイリーが手を伸ばしてきた。

「うっす」

揚太郎も手を伸ばすが、握手を求められたわけじゃないみたいだ。外国人のようにフィストバンプするオイリーのノリに、揚太郎は必死に合わせ挨拶《あいさつ》を交わした。

「オイリーさん、よろしく!」

箱崎に見送られ、オイリーは去っていく。その手には大きなアタッシュケースが引きずられていた。

（……なんだ、あのケースは？　なにが入っているんだ？）

（てか、ＤＪってなにする人なんだ……？）

揚太郎がオイリーの後ろ姿を見つめていると、箱崎が耳打ちしてくる。

「見てく？」

「え？」


赤いライトに照らされた狭い階段。

揚太郎はゆっくりと階段を上がっていく。

階上のフロアから、クラブ客たちの脇をすり抜け音楽が下りてくる。

トントントントントン、ト、トトン
トントントントントン、ト、トトン

独特なリズムを刻む『ゲットー・クラヴィッツ』。ロシア生まれのニーナ・クラヴィッツによるテクノ音楽だ。耳にすれば最後、ニーナにシンプルな歌詞をひたすら呪文のように繰り返され、異国シベリアの地へと精神を連れ去られてしまう。

揚太郎もその歌声に誘われるがまま赤いライトに満ちた階段を上っていく。

一段、また一段と、足を進めるたびに揚太郎の鼓動も高鳴っていく。

階段を上がりきり、開けっ放しの入り口を抜ける。

天井が低い場所に出た。どうやら上階部分が突き出しているらしい。手を伸ばせば、天井に並ぶ紫色のライトに触れられそうだ。

紫色のその空間には、バーカウンターやラウンドタイプのハイテーブルが設置されていた。お酒を片手にクラブ客たちがチルアウトしている。ちなみにチルアウトとは、心地よくオフモードを楽しむことをいう。

揚太郎はチルっている人たちの隙間《すきま》から向こう側を見た。

「…………っ！」

青い光に満ちたフロアでは、クラブ客たちが身体を揺らしてアガッていた。

（こ、こ……ここはユートピアか!?）

（最高すぎる!!　町内会の盆踊り大会よりも自由度が高《たけ》え!?）

揚太郎は人込みをかき分け、音楽に導かれるまま進んでいった。

だが、ダンスフロアを満たす青い光の手前で足は止まる。

ＤＪブースにあるモニターでは『ＷＯＭＢ』の文字がやんわりと爆《は》ぜている。

（オ、オレ……こん中に入っていいのか……⁉）

ふと、視線を感じた。

すぐ近くのテーブルでチルっていた女性が、目を丸くしてこっちを見ていた。

「ここ、クラブですよ？」

肩辺りまで伸びた髪を軽く巻いているその女性は、揚太郎のお会計ポーチと〈SHIBUKATSU〉キャップを指さしてきた。

（あぶねー⁉　やっぱ場違いだった‼　あと一歩で恥かくとこだったぜ‼）

「と、とんかつ弁当の配達に……」

「ん？」

耳を寄せてくる彼女にドキッとした揚太郎は、

「弁当の配達に来ました！」

緊張のあまり声の抑制が効かなくなっていた。

周りの人たちはびくっと驚くが、女性は納得したのかほほ笑んだ。

そこにポニーテールの女性がドリンクを手にやってきた。

「はいっ、シマ子《こ》」

「ありがとう～」

ドリンクを受け取った女性は、ポニーテールの女性に続ける。

「ねえ、苑子《そのこ》。この人、弁当の配達で来たんだって」

「え?」

ポニーテイルの女性が振り返る。

揚太郎の世界が、このとき、確かにスローモーションになった。

(き、君は……っ!!)

目の前の彼女を見間違えるはずがない。

その女性は『円山旅館』の向かい側のビルで働く、あの美しい女性だった。

(かわいい……てか顔ちっちゃ……)

「こんにちは！　勝又揚太郎です！」

「苑子です」

ぺこりと頭を下げる彼女は、服部《はっとり》苑子。スタイリストの見習い。

揚太郎の鼓動が速まっていく。双眼鏡で覗くだけだった苑子が、すぐ目の前にいる。

「お弁当屋さんなの?」

苑子が興味津々《しんしん》で訊いてくる。

揚太郎は羽織っていたジャンパーをずらし、調理服に刺繍《ししゅう》された胸元の『しぶかつ』ロゴを見せる。

「『しぶかつ』で働いてます」

「『しぶかつ』？」

「とんかつ屋です」

「とんかつか」

苑子は軽く笑ってドリンクを口にした。

そのまま苑子はフロアへ顔を向けると、テーブルに身体を預けチルりだす。

揚太郎も苑子と並んでチリングなひとときを味わう。

（カッコいい音楽が聴けて、かわいい子と一緒にいられる……クラブって最高かよ……）

（いや、だめだろ、オレ！　この間って絶対気まずいやつだ！　音楽止まったら二度と会えずにさよなら、になるだろ！　もっと苑子ちゃんを盛りアゲてかなきゃ！）

「ソウルフードです！」

揚太郎の突然の大声に、苑子は警戒して身を引く。

「え？」

「揚げた豚……お好きですか？」

どう反応していいかわからない顔の苑子。

（やべっ、今オレ、何言った？）

揚太郎は必死に取り繕《つくろ》おうとしたが、フロアからの声に遮《さえぎ》られた。

「苑子」

いつの間にか去っていたシマ子——恵比寿《えびす》のＯＬらしい——がこっちに手を振っている。

「じゃあ、揚太郎くん、またね」

苑子は逃げるようにテーブルを離れ、シマ子と一緒にダンスフロアへと去っていった。

揚太郎は重いため息を吐いて肩を落とした。

（まじかー。なんで大切なときに気持ちアガッちゃうかな、オレ）

（今のうちに苑子ちゃんの姿を目に焼きつけとこ。夢に出るかもしんねえし）

揚太郎は顔を上げ、シマ子と一緒に身体を揺らしている苑子を眺めた。

（……ん？）

ふと、揚太郎は視線を上げた。ＤＪブースに見たことのある姿を見つけたのだ。

サファリハットに顔を隠した中年男が、首にかけたヘッドフォンに片耳を押し当てながら、ターンテーブルにレコードをセットしている。

（……あれオイリーさんじゃね？）

その瞬間、オイリーはクロスフェーダーを右から左へ思いっきりスライドさせた。

右側のターンテーブルから流れていた音楽に、左側のターンテーブルにセットされたレコードが割り込む。

デデデデン、デデッ、デデッ、デデデンッ

ジャクソン・シスターズの『ミラクルズ』。奇跡を信じる五人の少女たちによる、七〇年代にリリースされたソウル・ミュージックだ。

カットインされた明るくアップテンポなその曲に、チルっていた人たちが揚太郎を押しのけフロアへ走り出ていった。

オイリーはミキサーのツマミを調整しながら、フロアのみんなを盛り上げていく。

そこにあったのはガサツなおっさんの姿じゃない。『DJオイリー』その人だ。

「か、かっけえ……」

オイリーのいぶし銀のDJプレイに、揚太郎は思わず感嘆の息を漏らした。

DJブースのオイリーが、もっとアガッていけとフロアのみんなを指さす。

その指先を辿《たど》ると、オイリーのDJプレイに身を委《ゆだ》ね、楽しそうに踊っている苑子の姿があった。

(そ、苑子ちゃんが、完全にアガッている……⁉)

揚太郎は考えた。いや、妄想《もうそう》した。DJブースでフロアを盛りアゲる自分の姿を。

サングラスをつけ、ヘッドフォンをかけ、ミキサーをいじって、ターンテーブルで回るレコードをデュクデュクとスクラッチする。

アガりまくったフロアの中で、こちらを見上げながら踊っているのは苑子だ。

揚太郎のDJプレイに身体を揺らし、苑子が目で訴えている。

――もっとアゲちゃって! 揚太郎くん!

(こ、これだ⁉)

現実に戻った揚太郎は、DJブースのオイリーを見つめたまま頷いた。

それは奇跡《ミラクル》の出会いだった。

止まっていた揚太郎の人生のルーレットが、運命の手によって勢いよく回りはじめた。


「オレを……弟子にしてください!」

『WOMB』の楽屋口。

出待ちしていた揚太郎は、帰ろうとするオイリーを見つけ頼み込んだ。

「は?」

レコードバッグを引きずるオイリーは、突然呼び止められ困惑していた。

揚太郎は目を輝かせながら言う。

「オレ、DJになります。決めました」

(そして、いつか苑子ちゃんをアゲてみせる!! オイリーさん、あなたみたいに!!)

「そうか、ははは……お疲れさん」

オイリーはこちらに背を向け、店から出て行ってしまった。

揚太郎は慌ててオイリーを追いかけた。

「いや、だからそのために、オレにDJ教えてください!」

しつこく頼んでくる揚太郎に、オイリーは面倒くさそうに足を止める。

「DJなんか人から教わるもんじゃねえよ。みんな独学で勝手にやってる。なあ、それがDJのいいところだ」

「そうなんすか」

オイリーは揚太郎の肩を優しく叩き、自然な仕草で帰ろうとする。

逃げ出したオイリーを、揚太郎は再び引き留めた。

「いや、親父は、オレが勝手に肉揚げようとしたら怒りますよ」

「それ、とんかつの話だろ」

「もうキャベツの千切りしかやらせてもらえない。このままだとオレ、キャベツ太郎になっちゃいます！」

「キャ……」

言葉を失ったオイリーは、呆れたように吐き出す。

「だからとんかつのことは知らねえって」

（……なんだ？　話がかみ合ってないぞ？）

（ひょっとして、ＤＪ道ととんかつ道では師弟関係が違うのか？）

（あれもだめ。これもだめ。そうやって親父はとんかつ道を塞《ふさ》いじまっているけど、ＤＪ道なら、オレは好きなように進むことができるのか……？）

揚太郎はオイリーへ確かめる。

「……じゃあ、ＤＪは自分が好きなようにやっていい？」

「ああ、ＤＪはお前が思うがままにやったらいい」

再度、オイリーは揚太郎の肩を叩いた。さっさと会話を切り上げたいようだ。

だが揚太郎は、オイリーの気持ちなど一ミリも考えてはいなかった。

（やっぱりそうか！　ＤＪ道なら、オレは自由に前へ進むことができるのか‼）

「ＤＪって最高っすね」

反応に困ったオイリーは、とりあえず軽く頷く。

「Ｙｅａｈ……」

「ありがとう、オイリーさん！」

胸を躍《おど》らせた揚太郎はうきうきで走り出した。

そして忘れ物を思い出したように振り返り、揚太郎はオイリーを指さす。

「すぐに、オイリーさんみたいにカッコいいＤＪになってみせますよ、オレ！」

奇声を発しながらホテル街へと去っていく揚太郎。

その場に残されたオイリーは、いぶかしがるように目を細めた。

2章

『円山《まるやま》旅館』の地下にある空き宴会場。

古いレコードプレイヤーで回るレコードが、ゆったりとした歌謡曲を漂わせている。

ちなみにレコードとは音響情報が記録された黒い円盤のことだ。ＤＪが主に使っているレコードは十二インチレコード。つまり直径三〇センチほどの円盤を指す。

揚太郎《あげたろう》はサングラスをかけたままソファに腰かけ、優雅にコーヒーを愉《たの》しんでいた。

明らかにいつもと様子が違う揚太郎に、球児《きゅうじ》、満夫《みつお》、タカシ、錠助《じょうすけ》の四人は唖然《あぜん》と立ち尽くしていた。

「何してんの？」

球児の質問に、揚太郎はソファに背をもたれさせたまま答える。

「ＤＪの特訓だよ」

ウケを狙っているのか。真面目に言っているのか。球児は揚太郎の様子をどう捉《とら》えたらいいのかわからずに言う。

「それ絶対違うだろ」

揚太郎はコーヒーカップを置き、身を乗り出して幼馴染《おさななじ》みたちの顔を見る。

「オレは今日からＤＪになる」

「ディージェイ……？」

その単語はタカシの脳内検索には引っかからなかったようだ。

満夫も新しく聞く単語に首をかしげる。

「ＤＪってなにするの？」

揚太郎はサングラスを外し、幼馴染みの四人に説明する。

「ＤＪってのは……要は……」

（あれ、そういえばオイリーさん、あのブースでなにやってたんだ？　……まっ、いっか）

とりあえず揚太郎はゆっくりと回転するレコードを手で示した。

「音楽をかけるんだ」

どうでもよさそうな『三代目道玄坂《どうげんざか》ブラザーズ』の四人。

球児が揚太郎に質問する。

「昨日の夜、お前何があった？」

「まあ、強《し》いて言うなら、人生変わったかな……」

「は？」

「君たち、クラブって行ったことある？」

四人ともクラブに行ったこともなければ、興味すらないようだった。

代表して球児が揚太郎に提案する。

「四対一でないほうが多いから、この話終わりでいい？」

「ちょ、待て。違うんだよ！　クラブっていうのは、盆踊り大会より自由度が高くて、みんなストレスフリーな表情してて、とにかく楽しいんだよ！」

へー、と四人。

「それヤバいね」

いつもクールな錠助の琴線《きんせん》にも触れたようだ。

盆踊り大会より自由度が高い――それは『三代目道玄坂ブラザーズ』にとって、心のアゲスイッチを入れるのに十分すぎるほどの響きだった。

「まさに、天国みたいな場所だった」

揚太郎の追撃に、四人は各々の天国を想像する。

「しかも……」

一拍ためて、揚太郎は言う。

「あの子がいたんだよ」

「あの子……?」

ピンとこないタカシ。

しばらく考えた錠助は、一人の人物に思い当たったようだ。

「あの向かいのビルの?」

(そうそう、錠助、向かいのビルのあの子だよ)

「苑子《そのこ》ちゃんは同じ渋谷《しぶや》のクラブにいたんだよ」

「その子……?」

紛《まぎ》らわしい名前に再び思考の迷宮に迷い込む錠助。

タカシも混乱しているらしい。

「ん、その子ってどの子?」

「あの子だよ」

満夫はちょっとだけ頭脳偏差値が高かったようだ。

「あの子?」タカシはまだ感覚的な会話についていけていない。「どのあの子?」

タカシ、満夫、錠助は、〈その子〉と〈あの子〉と〈どの子〉のゲシュタルト崩壊を起こしはじめた。

そんな中、球児だけは揚太郎の言いたいことに気づいたようだった。

「お前の天国ってそういうことか」

揚太郎はほほ笑む。

（オレの人生はついに始まったんだ）

（オレは前に進んでいくぜ……新しく見つけたこのＤＪ道を!!）


とんかつ屋『しぶかつ』の厨房《ちゅうぼう》。

女子高生兼『しぶかつ』看板娘の勝又《かつまた》ころもは、お店の仕込み作業に勤《いそ》しんでいた。

花のセブンティーン・ころもは『しぶかつ』を裏で支える働き者だ。趣味でお店のグッズ製作もしている。いつも揚太郎が被っている〈ＳＨＩＢＵＫＡＴＳＵ《シブカツ》〉キャップもころもが作ったものだった。

そんなころもだったが、昨日からちょっとした悩みを抱えていた。

そういうときに頼りになるのが、母親のかつ代《よ》だ。

「お兄ちゃんさあ、昨日お父さんに揚げさせろとか言ってたけど、本気なのかな？」

「本気になってくれたらいいけど」

すぐ隣の流しを洗うかつ代は、大して期待していないようだった。

ころもかつ代に深く同意する。厨房に揚太郎の姿がないのだ。

「お兄ちゃんは？」

「いないよ〜。朝からどっか行った」

また店をサボった不肖の兄は、いつになったら本気になってくれるのだろうか。

「ＤＪって何から始めるの？」

タカシは興奮気味に言った。

空き宴会場に集まっていた『三代目道玄坂ブラザーズ』は、いつもよりテンション高めに騒いでいた。これからみんなでＤＪ道を驀進《ばくしん》するのだ。

「まずは機材を集める！」

メモを片手にみんなを仕切る揚太郎。メモには簡単なＤＪのイラストが添えられている。

揚太郎は球児にメモを手渡した。

メモを受け取った球児が、自分のスマホ画面と見比べる。

「うちの電飾屋に、レコードプレイヤーならいくつか余ってんぜ！」

スマホ画面を見せる球児。

揚太郎はそこに映ったレコードプレイヤーを勢いよく指さして、

「ナイス！　二つあればＤＪができるよ！」

「すっかり埃《ほこり》被ってるけど？」

「埃ごと抱きしめてやるよ～!!」

続けてメモを受け取った満夫が、パッと顔を輝かす。

「スピーカーならあるよ。広間のカラオケ用、使ってないし」

タカシも遅れまいと満夫からメモを奪い取る。

「うちに昔のレコードならあるけど、使える!?」

「全部いただくぜ！」

揚太郎は指を鳴らした。

錠助もメモに目を通し、揚太郎へ食い気味に提案する。

「このミキサーっていうのも、うちの台所のでよければ!?」

「あ、ごめん。それとはちょっと違うんだ」

揚太郎たちはそれぞれの家業の三代目という立場を最大限に利用し、空き宴会場を自分たちのフロアへと改造していった。

続々と機材が搬入《はんにゅう》されていき、ＤＪブースがＤＩＹで作られていく。

でもＤＪ機材はすべてお手製だった。ターンテーブルはカラオケ用のスピーカーから音が出るように配線されているだけ。一応二つ用意しているが、ターンテーブルの間に置いたミキサーもお手製だ。

最後に大きなミラーボールを天井から吊り下げると、『三代目道玄坂ブラザーズ』だけの秘密のフロアが完成した。

ＤＪというものがなんなのかわからずに、ノリだけで作られたお粗末なものだった。


「「「「かんぱーい！」」」」

錠助が薬局から持ってきたドリンク剤で乾杯し、出来立てほかほかのフロアで『三代目道玄坂ブラザーズ』は夜通し騒いだ。

揚太郎はＤＪブースに陣取って音楽を流す。

ターンテーブルで回っているレコードは、カーティス・ブロウの『イフ・アイ・ルールド・ザ・ワールド』。タカシが家から引っ張り出してきた古いヒップホップだ。

ヒップホップの黎明《れいめい》期、すなわちオールドスクールと呼ばれる時代のラッパー、カーティス・ブロウが「もしオレが世界の支配者になったら世の中こうなるぜ！」と歌った曲だ。

　ズッ、チャ、ズッズッチャ
　ズッ、チャ、ズッズッチャ
「アぁ～ゲぇ～！　たまんねえなぁ～！　身体《からだ》が止まんねぇ～！」

　球児は作業着を脱ぎ捨て、電飾屋という肩書を忘れて踊っていた。

「もっと刺激をくれぇ～！　揚太郎ぉ～！」

　錠助も酔っぱらったように騒いでいる。彼が持ち込んだドリンク剤によって、『三代目道玄坂ブラザーズ』の三半規管は異常に亢進《こうしん》し、彼らの脳はトランス状態へ突入していた。

「ヤヴァい！　バイブスがヤヴァいぃぃ！」

「だよなぁ～！」

　球児と錠助に満夫も呼応する。

「音楽で踊るって、こんなに楽しいんだねぇ～！」

　五人の力を結集させれば、もはや怖いものなどなかった。この宴会場では彼らがルールなのだ。

　揚太郎はヘッドフォンを外したまま、四人と一緒に音楽に心を支配されていた。

(や、やべえ、アガりすぎてる……足が地面についてるのが奇跡だ)

(だが足りねえ。もっとだ。もっと、もっとオレらはアガッていかなきゃならねえ……)

(でもどうやって？　これ以上、どうやってアゲればいいんだ？)

「この感じ、みんなにも知ってもらいたいなぁ～!?」

タカシのその一言に、揚太郎はひらめいた。

脳裏に浮かんだのは、いつもキャベツを千切りしているときに見ていたユーチューブ。

スマホの画面の中で、長髪の男がどこかの惑星をレペゼンする動画……。

(それだ！　みんなに知ってもらうんだ！)

「あいよ！　おかわり一丁！」

新しくセットしたレコードに針を落とし、揚太郎は思いつきを実行に移した。


数日後。

とんかつ屋『しぶかつ』の店内で、揚作《あげさく》は閉店準備に取り掛かっていた。

すでにかつ代ところもには上がってもらっていた。

静かな店内で、カウンター内の揚作は食品用ラップフィルムを広げる。

揚太郎が奥からホールへ出てきたのはそのときだ。

ヘッドフォンをつけた息子は、こちらを見ずにスキップしながら店を出ていった。

きっと『円山旅館』の地下にある空き宴会場へ向かったのだろう。

しかし、最近の揚太郎の様子には目を見張るものがある。キャベツの千切りも以前に比べて速まった。〈営業中〉の札を〈準備中〉へとひっくり返す動作にも一切の無駄がない。

もしかすると、そろそろ揚げ場に立たせるときが来たのかもしれない。


それからまた数日後。

とんかつ屋『しぶかつ』の厨房。

開店準備を始めなければいけない勝又ころもだったが、なかなか仕事に手をつけられないでいた。また新しい悩みができてしまったのだ。

そういうときに頼りになるのは、やっぱり母親のかつ代だった。

お母さん、これ。

といった感じですぐそばにいたかつ代に、ころもは自分のスマホを見せる。

ころものスマホで流れている動画に、かつ代は絶句した。

「なにこれ……」

ユーチューブにアップされたその動画はC＋Cミュージック・ファクトリーの『ゴナ・

メイク・ユー・スウェット（エヴリバディ・ダンス・ナウ！）』を無断使用していた。ちなみにこの曲のMVに出てくる女性、ゼルマ・デイビスは実際には女性パートを歌っておらずすべて口パク。歌声はマーサ・ウォッシュが提供している。

問題の動画では、全身タイツでとんかつの被り物をしている五人の変態が渋谷の街を疾走していた。急所のもっこりポイントを隠すように、股間《こかん》には大きなレコードを貼り付けている。

動画タイトルは『とんかつＤＪ』。

ハッシュタグ検索に引っかかるよう、説明欄には〈#ＤＪ〉〈#とんかつ〉〈#レペゼン円山町〉〈#音楽でおどるって楽しい〉が並んでいる。

チャンネル名の『三代目道玄坂ブラザーズ』に、かつ代の血の気が引く。続けてチャンネルアイコンのブタキャラクターに気づき心臓が止まった。

こ、これって……ころもが作った『しぶかつ』ロゴじゃないのよ⁉

そして映し出されたのは、深夜の『しぶかつ』店内で踊る揚太郎たち『三代目道玄坂ブラザーズ』だった。

「私たちが寝てる間にやったんだよ」

不肖の兄・揚太郎が夜な夜な奇行に走っていたことを、ころもは目撃していた。

中でもころもの目に焼きついている光景が一つある。それは中学生時代の体操着を着た揚太郎が、ヘッドフォンを頭にはめて腰を振っている姿だ。思い出すだけで鳥肌が立った。

でも一番の問題は『とんかつＤＪ』がバズっていることだった。

ころもとかつ代の手の中で、今にも再生数が一〇万に達しそうだ。

どうする、お母さん？　不適切なコンテンツとして通報するって手もあるよ？

と言いたげなころもの訴えに、かつ代は答える。

「お父さんには見せないでおこう」

「うん」

スッ、と背後から伸びてきた太い腕が、ころもとかつ代の手からスマホを取り上げた。

いつの間にか後ろに立っていた揚作が、『とんかつＤＪ』の動画に目を剝《む》いている。

ころもとかつ代は慌てて厨房から退散した。

ちょうど階段を下りてきた揚太郎が、元気よく店内へ入ってくる。

「おっはよ〜！」

「揚太郎!!」

揚作の怒鳴り声が『しぶかつ』を震わせた。

びっくりして固まる揚太郎。

カウンター内ではかつ代が「あちゃー」と天を仰ぐ。

ころもはすかさずのれんを手にして、外へと走り出した。ついに父親の堪忍袋《かんにんぶくろ》の緒《お》が切れた。不肖の兄も、これできっと目が覚めるに違いない。

だが、店先の様子に驚き、ころもはすぐさま店内へ戻る。

「お父さん、外！」

「ああ？」

隙《すき》をつき、揚太郎が外に出た。

ころものれんを持ったまま兄の後に続く。

とんかつ屋『しぶかつ』の前には十数人の列ができていた。だが、いつもの常連客とは様子が違う。彼らは揚太郎に気づくと、スマホを掲げて歓声を上げる。

「よ！　とんかつＤＪ！　待ってましたー！」

拍手喝《かっ》さいを浴び、揚太郎は両腕を挙げガッツポーズをした。

自慢げに振り向いてくる不肖の兄に、ころもはどう反応していいのかわからなかった。

「一〇万再生突破！」

ノートＰＣを開いていたタカシが、嬉《うれ》しそうに叫んだ。

空き宴会場に集まった『三代目道玄坂ブラザーズ』は、自分たちの偉業を称《たた》え合った。

揚太郎たちがユーチューブにアップした『とんかつＤＪ』は、今やホーム画面にもレコメンド表示される人気動画の一つとなった。

再生数に火をつけたのは、大人気ユーチューバー『フワちゃん』だ。チャンネル登録者数四十九・六万人を誇る彼女が、『【遭遇】渋谷でとんかつくんと踊ってみた』をアップした途端、『とんかつＤＪ』の再生数もうなぎ上りにアガッていった。

聞くところによると、〈#ＤＪ〉あるいは〈#音楽でおどるって楽しい〉の検索で再生されることが多いらしい。『ＷＯＭＢ《ウーム》』でチルアウトしている若者たちも、暇つぶしに再生しているとのことだ。

「勝ったな」

球児はノートＰＣを見つめたまま呟《つぶや》いた。

「始めてすぐこんなに反響あるなんて、オレらＤＪに向いてんじゃねえの？」

同意を求める錠助に、揚太郎はどや顔でソファに身を沈めた。

「アゲ」興奮する球児の言葉が加速していく。「お前の天国に一歩近づいたな！」

球児の言う通りだった。この間まで揚太郎の頭に居座っていたモヤモヤが、いつの間にかどこかに消えていた。

夢中で『とんかつＤＪ』制作に取り組む過程で、自分の心がキラキラしはじめるのを揚太郎は感じていた。

満夫がニヤニヤしながら揚太郎に言う。

「苑子ちゃんに、これをネタに話しかけたらいいんじゃない？」

「そうだよ、この動画見せたら楽勝だろ？」

錠助がノートＰＣを指さした。

球児が再び呟く。

「勝ったな」

「え～？」

と無知を装いながら居住まいを正し、揚太郎は不敵にほほ笑む。

(この動画を見せたら楽勝……それってどういうことかな、錠助くん。詳しく聞かせてもらおうか)

「お前、苑子氏やれ。オレ、アゲやるから」

錠助が満夫の肩を叩き、スマホを見るフリを始める。

上目遣いの満夫が、猫なで声で錠助に問いかける。

「なに見てんの？」

「これ、今、流行《はや》ってるんだよ」

「なにこれ、面白い！」

「……あれ？　これ、オレなんじゃない？」

「うぅわ！　揚太郎くん、すごーい！」

抱き合って寸劇を終わらせた錠助と満夫が、二人同時に揚太郎へ顔を向ける。

タカシが力強く頷《うなず》く。

「あるな」

「あるな……」

球児は感動してしまったようだ。

「お前らで見たくねえよ！」

揚太郎は幼馴染みたちの妄想を一蹴《いっしゅう》した。

（だが、うん……あるな）


その夜。

『ＷＯＭＢ』の入り口。

ＩＤチェック待ちをしているキラキラした人たち。

彼らに交じって、揚太郎はエントランスを一心に見つめていた。

（頭を整理しよう。最大の難関はスマホで『とんかつＤＪ』を見ながら、それを苑子ちゃんに気づいてもらうこと。あとは錠助と満夫の寸劇をなぞればいい）

胸ポケットにバラを差して気合十分の揚太郎は、ゆっくりと舌なめずりをした。

苑子の姿はバーカウンターにあった。

仕事が休みだったのか、苑子は白Ｔというラフな格好をしていた。頭に被る赤いニット帽も、揚太郎が初めて見るものだ。隣にいるシマ子《こ》と一緒に、苑子はドリンクを傾けながらチルっている。

揚太郎は少し離れた場所で佇《たたず》みながら、二人をじーっと注視していた。

（……空気読んでくれないかな、シマ子さん）

「じゃあさ、ちょっと見てくるわ」

揚太郎の祈りが届いたのか、シマ子は席を外しどこかへ去っていった。

揚太郎は深呼吸をしてから、バーカウンターへと歩を進めた。

苑子と三メートルほど距離を取った場所を定位置とする。ここが最も自然かつ気づかれやすい場所だ。揚太郎はスマホを取り出し、『とんかつＤＪ』を再生する。

あとは気づいてもらうだけ。

「ハッハハッハ！　ハッハ！　ックククク……ハッハ！」

（……さすがにわざとらしすぎたか？）

「揚太郎くん？」

（キタ!!）

「わあ、苑子ちゃん！」

奇遇ですねとばかりに声を上げる揚太郎。

苑子は揚太郎の手の中にあるスマホに興味津々《しんしん》のようだ。

「なに見てるの？」

（錠助の言う通りだ。苑子ちゃん、しっかり食らいついている）

揚太郎は手の中のスマホを示す。

「これ、今流行ってるんだよ」

「へー、そうなんだ。見せてー」

ドリンク片手に近寄ってきた苑子は、揚太郎にぐっと身体を寄せ、スマホ画面を覗《のぞ》き込んでくる。揚太郎の二の腕を、苑子の黒髪がくすぐった。

（ち、近……っ）

気持ち、揚太郎は頭を引く。なんだか悪い気がしたのだ。

（い、いや、落ち着け。ここまで全部うまくいってる。オレはすでに勝ってるんだ！）

「……あれ？　これ、オレなんじゃない？」

深刻そうな表情で呟いてみせてから、揚太郎は苑子の様子を窺《うかが》った。

「…………」

苑子は無言で動画を見つめていた。

（……もしかして目が悪いのか？）

「ああ～、オレだ～、これ～！　いやあ、面白いなあ～！」

「ん……なにこれ、ちょっとわかんない……『猫ＤＪ』みたいな感じ？」

苑子は反応に困っていた。

「猫⁉」

（しまった！　また気持ちアガッちまった！）

苑子は愛想《あいそ》笑いを浮かべている。というか若干身を引いている。

（ヤバい、なにか言わないと……苑子ちゃんを盛りアゲていかないと……）

「あれ、『とんかつＤＪ』じゃない⁉」

その声に揚太郎は顔を上げた。

近くの数人のグループと目が合った。揚太郎が絶対に関わりたくないウェイ系の人たちだ。

「ヤバ、本物だ！」

駆けつけてきたウェイ系の集団は、たちまち揚太郎を囲い込んだ。

（……や、やめてください、怖いです。ボクに構わないで）

肩をすぼめ縮こまる揚太郎。でも次の瞬間、ハッと息をのむ。

いつの間にか距離を取っていた苑子が、ドン引きした目をこちらに向けていた。

（そ、苑子ちゃん!?　そんな目で見ないで!!）

揚太郎は絡んでくる集団を押しのける。

だがそれは逆効果だった。逃げようとする揚太郎に、ウェイ系はさらに盛り上がる。

「ここ、〈かつ〉ってサインください！　〈かつ〉ってサインください！」

揚太郎と苑子の距離がますます離れていく。

そんな二人の間に割って入るように、シマ子が戻ってきた。

「苑子」

苑子の隣に並んだシマ子は、こちらへ白けた視線を投げてくる。

「あれ、どうした？」

揚太郎は苑子を呼び止めようとするが、ウェイ系の騒ぎ声に飲み込まれていった。

苑子はシマ子を引き連れバーカウンターを去っていく。

「シマ子、行こ」


落ち着いた別フロア。

壁際に並ぶ椅子《いす》に腰かけ、揚太郎はスマホで『猫DJ』の動画を見ていた。

(なんだ、これ……笑えばいいのか？　見て癒《いや》されるものなのか？)

猫がDJをするというあまりにシュールな動画に、揚太郎はため息を吐いた。

(苑子ちゃんの目に、オレはこう映っているのか……)

「屋敷《やしき》さん、ですよね？」

揚太郎は声のした方向へ顔を向けた。

隣のテーブルでノートPCをいじっていた男に、二人の女性客が絡んでいた。

「今日って回すんですか？」

「いや、今日は……」

男はクールに受け流しノートPCへ顔を戻す。黒いニット帽に、黒い縁のスタイリッシュなメガネ。口数は少なそうだが、常に物事を分析しているような鋭い眼光を放っている。

そしてイケメン。しかもオシャレ。

「あの、ここにサイン貰《もら》っていいですか？　お願いします！」

女性客の片方がイケメンにマジックペンを押しつけ、自身のTシャツのウエストを伸ばした。

「でも汗で落ちちゃうでしょ」

イケメンはマジックペンを受け取らない。

「大丈夫です！　週末のイベント絶対行きますね」

ついに折れたイケメンは、マジックペンで女性のTシャツにサインした。

「ヤバっ！　すみません、ありがとうございます！」

二人の女性客は嬉しそうに去っていった。

イケメンは何事もなかったように、再びノートPCをいじりだす。

揚太郎は意を決して訊《き》いてみる。

「DJの人ですか？」

突然声をかけられ、イケメンは驚いたようだ。

「……そうだけど？」

（ん？　オレより年下か？　なんか警戒されちゃってるし、敬語やめるか）

揚太郎はイケメンとの心の距離をなれなれしく縮めていった。

「オレも『とんかつＤＪ』やってるんだけど」

「『とんかつＤＪ』？　面白そうだね」

「でも、ちょっとわかんないって言われちゃって」

「え？」

「楽しんでもらいたかっただけなんだけどなあ」

揚太郎はぼんやりしながら言った。

イケメンはノートＰＣに向かいながら答える。

「人を楽しませようとしたならいいんじゃない？　ＤＪとして大事なことだよ」

揚太郎はイケメンに顔を戻した。

（すげえ……そういうこと、サラッと言えちゃうんだ）

（てかオレ、なに自分語ってんだろ）

これもクラブマジックか。いや、このイケメンにはなにか、親近感のようなものを感じる。

揚太郎の熱い視線を受け、イケメンは再びこちらを向いた。

「キミ、ほんとにとんかつ屋なの？」

揚太郎は自分の服装を改めて見た。そういえば調理服を着たままだ。

「渋谷のとんかつといえば、円山町創業六十二年『しぶかつ』。円山町のソウルフードと呼ばれ、一代目揚松《あげまつ》、二代目揚作、そうオレの父、そしてオレ、三代目」

「キミ、ほんとにとんかつ屋なんだ……」

揚太郎の話は聞いていなかったらしい。イケメンはノートPCで揚太郎のことを調べ、見つけた『とんかつDJ』の動画を眺めていた。

揚太郎は満面の笑みで自己紹介を〆《しめ》る。

「揚げたてのロースかつで、お待ちしております！」

このときの揚太郎はまだ知らなかった。

このイケメンこそ、時代の寵児《ちょうじ》にして同世代で活躍するDJたちを『屋敷世代』と言わしめるほどの男、〈DJ YASHIKI《ヤシキ》〉こと屋敷蔵人《くらうど》だということを。


夜の渋谷の住宅街。

オイリーはレコードの詰まったレコードバッグを引きずっていた。

今夜もフロアを盛り上げたオイリーだったが、冷たい街並みの空気が身に染みる。クラブを渡り歩き出演料をかき集めているものの、財布はいつも空っぽだった。

　ボロいアパートに辿《たど》りつき、レコードバッグを抱えて階段を上がっていく。脇には段ボールに詰め込まれた誰かの私物が並んでいる。こんなアパートだ。住人の誰かが夜逃げでも考えているのだろう。あるいは業者に引き取ってもらうゴミなのか。

　……って、オレのだ！　これ全部オレのじゃねえか⁉

　焦って自分の部屋へ駆けつけるオイリー。だが持っていたカギは鍵穴に入らない。

「鍵替えたよ」

　大家のおばさんが階段の上からこちらを見下ろしていた。

「勝手に部屋入りやがったな。住居侵入罪だぞ」

「事前に何度も通達したでしょ」

　家賃未払いが続き、大家のおばさんもついに強硬手段に打って出たらしい。

　オイリーは冷静になるよう促《うなが》しながら、大家のおばさんに言う。

「週末までに溜まっていた家賃全部払う」

「あんたの週末待ってたら、また年号変わるわ」

　大家のおばさんはまったく相手にしなかった。

「頼むよお！」

　オイリーが大家のおばさんに泣きついたとき、隣の部屋のドアが開いた。

顔を出した強面《こわもて》の男に、オイリーは思わず息をのむ。

完全にそっち系の強面の男は目を細め、オイリーに軽く舌打ちをした。

「うるせーぞ」

「ごめんね、十秒で終わらすから」

大家のおばさんにそう言われ、強面の男はドアを閉めた。

オイリーは声を小さくして、大家のおばさんにすがりつく。

「これがほんとの最後だから」

「とっとと消えな。明日には全部処分するからね」

大家のおばさんはそう言い残し、自分の部屋へと戻っていった。


レコード屋『Ｄｉｇｇｅｒ's《ディガーズ》』。

入り口に掲げられた犬の看板をくぐると、無数のレコードが来店者を出迎える。

店内の棚や箱には古今東西あらゆるレコードが隙間なく挿《さ》し込まれている。自由に試聴できるよう、レコードプレイヤーも用意されている。

店主の溝黒五郎《みぞくろごろう》はカウンターに身体を預け、タブレットで動画を流しながら暇をつぶしていた。黒いベレー帽。サングラス。ヒゲ。黒いエプロン。男臭い濃厚な四十八歳だ。

溝黒の隣では、この店の看板犬アパッチが店内を静かに見守っている。

そしてその横で、オイリーは知人に片っ端から電話をかけていた。

「待って待って待って、切らないで切らないで。ちょっとお願いがありまして……また金借りれないかな？　あっ、それかしばらく泊まらせてくれない？　一週間……いや、三日だけでも。すぐ出てくから、それまで……頼む！　いや、今晩だけ！」

電話を切られ、オイリーは舌打ちをした。

「オイリーもとうとうホームレスか」

溝黒は感慨《かんがい》深そうに言った。

オイリーはガラケーの電話帳を探る。

「まだギャラ貰ってないイベントなかったっけ……」

「身内にタカってないで、仕事探せ。就活しろ」

オイリーはガラケーを握りしめたまま言い返す。

「オヤジ狩りっすよ、溝黒さん」

「はあ？」

「今さら新しいことなんてできないしさ」

溝黒は身を乗り出す。

「すぐに金が欲しいなら、お前のレア盤買ってやるぞ」

「おっと、売り物じゃないんで、オレのレコードは」

「はい、高額買取サービス終了」

オイリーは立ち上がり、諦《あきら》めたように店内を見回す。

「……ここで働くしかないのか」

「人間二人もいらねえよ。なあ、アパッチ」

溝黒は隣のアパッチを小突いた。

アパッチは何も答えない。いつの間にか眠ってしまったようだ。

「ちぇ」

オイリーはふてくされる。溝黒もあてにならない。このままホームレスDJとして自分をプロデュースしていこうか。でもレコードやDJ機材はどこに保管する？

やっぱり、溝黒の優しさにつけ込むほうが手っ取り早いか？

だが、溝黒はタブレットを手にしたままこちらを見ていない。

「てか、さっきから何見てんすか？」

「『とんかつDJ』」

「は？　とんかつ？」

「知らないか？　最近、ここらでちょっと流行ってんだよ」

オイリーは溝黒のタブレットを覗き込む。

「あ！」

タブレットの中で奇行に走っている青年たちの中に、オイリーは知った顔を見つけた。

〈ＳＨＩＢＵＫＡＴＳＵ〉キャップを被った彼は、『しぶかつ』三代目勝又揚太郎。

いつの日か『ＷＯＭＢ』にしぶかつ弁当を配達しに来た青年だ。

そういえば、ＤＪになるとか言っていたよな……弟子にしろとか、なんとか……。

「何だ、知ってんのか？」

「いやいや、まあ、うん……」

オイリーは誤魔化しながら、再び溝黒のタブレットを見つめる。

電飾に満ちた空間で、五人組はふざけて腹筋をしていた。あまりにシュールな光景だったが、オイリーの目に映ったのは違うものだった。

こいつら、いい部屋持っているじゃないか。


翌朝。

とんかつ屋『しぶかつ』には、いつものように常連客が列を作っていた。

『とんかつＤＪ』の人気も落ち着いてきたのか、出待ちする熱心な若者たちの姿はなくなっていた。

そんな日常を取り戻した『しぶかつ』の二階。

揚太郎は自分の部屋でうなだれていた。

昨夜、苑子に言われた言葉が、いまだに揚太郎の心を蝕《むしば》み続けていた。

揚太郎は顔を上げる。さっきからずっとノートＰＣで『猫ＤＪ』を再生しているが、何度見たところで意味不明。

〈よ、『猫ＤＪ』！〉

球児、満夫、タカシ、錠助とのグループ通話が繋《つな》がったスマホから、球児がからかってくる。昨夜の『ＷＯＭＢ』での出来事は、すでに四人にも伝えていた。

「マジ、なんなんだよ、『猫ＤＪ』って。苑子ちゃん、わけわかんないよ！」

〈でも、これ昔流行ったらしいよ〉

スマホ越しにタカシが励ましてくるが、揚太郎は頭を抱える。

「もう、なんでオレが『猫ＤＪ』なんだよ」

〈アゲ〉と錠助。〈苑子ちゃんが猫好きって可能性もあるぞ〉

〈あ、そういうことか〉

満夫の声に、球児が続く。

〈ってことは、揚太郎くんが大好きって流れに……〉

「なるわけねーだろ、ふざけんなって！」

休憩時間が終わり、揚太郎は店内へと階段を下りていった。

ホールへと出ようとした揚太郎だったが、厨房の揚作と目が合い足を止めた。

ちょうどロースかつ定食を用意していた揚作が小声でとがめてくる。

「営業中だぞ、騒ぐな」

幼馴染みたちとのグループ通話がここまで届いていたようだ。

揚太郎は揚作を見つめた。

（こっちは『猫ＤＪ』で傷ついてるってのに、こんなときまで文句かよ……）

「なんだ？」

揚作には答えず、揚太郎はロースかつ定食を指さす。

「どこ？」

「六番」

揚太郎はロースかつ定食を受け取り、覇気《はき》のない調子で六番テーブルへと運ぶ。

「はい、ロース」

揚太郎がロースかつ定食を出すと、サファリハットを被った中年男が顔を上げた。見覚えのあるその顔に、揚太郎は思わず指さした。

「ああ！」

「よお、『とんかつDJ』」

オイリーは耳を指でほじりながら言った。

揚太郎は勢い余ってオイリーの向かいの椅子に座る。

「ちょっとオイリーさん、どうしてくれるんですか！」

「なにが？」

「言われた通り好きなようにやったら、苑子ちゃんにドン引きされちゃったんですけど！」

オイリーは諭すように揚太郎へ訊く。

「苑子ちゃんは小学生か？」

「いいえ、違います」

「じゃあ、無理だよ、あの動画じゃ」

（え、今さらですか⁉）

「だって、好きなようにやれって……」

「好きなようにやれとは言ったけど、あれはそもそもＤＪじゃねえ」

「ＤＪじゃない？」

オイリーは頷く。

（ＤＪじゃない……それってどういうことだ？　『とんかつＤＪ』はＤＪじゃないのか？）

「じゃあ、なんなんですか？」

「お前がここまでバカだとは、知らなかったよ……」

オイリーは呆《あき》れた様子で頭を抱える。


少し離れた厨房内。

ころもは六番テーブルを見ていた。

不肖の兄が、汚らしい中年男となにやら話している。

かつ代がお盆を拭きながら訊いてくる。

「誰？」

ころもは首を横に振った。また新たな悩みができはじめていた。


再び六番テーブル。

オイリーは呆れたフリをしながら、目の前の揚太郎がどう反応するかを窺っていた。

今日のオイリーはとんかつを食べに来たわけじゃない。新しい住《す》み処《か》を探しに来たのだ。狙っているのは、『三代目道玄坂ブラザーズ』の秘密基地である。

オイリーが待っていると、揚太郎が身を乗り出してきた。

「オレ、このまま『猫ＤＪ』は嫌です」

「『猫ＤＪ』？」

「苑子ちゃんにそう言われました」

語尾がしぼんでいく揚太郎。

失恋でもしたのだろうか。つけ入るチャンスを見つけ、オイリーは揚太郎に寄り添うような声色《こわいろ》で言う。

「わかった。オレがお前の師匠になってやるよ」

「え？」

「任せろ」

「いいんですか⁉　だって、ＤＪは教えられるもんじゃないって、オイリーさんが」

そういえばそんなことを言ってしまったな。だが、状況が変わったんだよ、少年。

「埋もれさせたくないんだ……。『とんかつＤＪ』の才能を」

よっぽど承認欲求に飢《う》えていたのだろう。揚太郎は簡単に目を輝かせはじめた。

トドメを刺すように、オイリーは揚太郎を力強く指さす。

「ゴールデンボーイ、お前を最高のＤＪにしてやるよ」

「オイリーさん……」

揚太郎の瞳はオイリーを信じきっていた。意外とちょろかったみたいだ。

オイリーは両手を合わせ、早速、新しい物件の見学スケジュールを詰める。

「まずは、練習場所を見せてくれないか」


空き宴会場。

オイリーは手作り感満載のＤＪブースに困惑していた。

ターンテーブルはただの古いレコードプレイヤーだった。一応二つ揃《そろ》えているようだ。

片方にレコードをセットして回してみる。音は出ない。

ＤＪブースの向こう側では、揚太郎が自信満々にこちらの言葉を待っていた。

部屋の隅《すみ》っこでは、球児、タカシ、満夫、錠助の四人が隠れて二人を見守っていた。

満夫が小声で、球児、タカシ、錠助に教える。

「揚太郎の師匠になるベテランＤＪだって」

「ほお～」

球児は感心して頷いた。タカシ、錠助も続けて頷いた。

オイリーはヘッドフォンを手に取った。首に回し、耳を押し当てる。だが音は出てない。というか、ヘッドフォンのコードがどこにも繋がっていない。

あまりの酷《ひど》さに絶句してしまうオイリー。苦笑しながら揚太郎たちに訊いてみる。

「これを使って……」

オイリーの気持ちを察することなく、球児が元気にサムズアップする。

「オレの自信作です」

「なるほど」

オイリーは軽く流し、二つのレコードプレイヤーに挟まれたミキサーっぽいものを確かめることにした。

普通のミキサーなら、左右のターンテーブルの音の割合を決めるクロスフェーダーがある。左右に動かすフェーダーだ。目の前のミキサーっぽいものにはないようだ。

だが、インプットフェーダーらしきものはある。各ターンテーブルの音量を調整するフェーダーで、縦に動かすものだ。見ると、インプットフェーダーはゼロになっていた。だから音が出なかったのだろうか。オイリーはゆっくりとそのフェーダーを縦に上げる。

ＤＪブースにつけられた〈ＤＪ〉という電光文字が輝いた。

揚太郎、球児、タカシ、満夫、錠助の五人が、嬉しそうにこちらを見ていた。

「……なるほど」

オイリーは呆れて言葉を失った。でもこの空き宴会場以外に、寝泊まりできる場所はない。

「ただ、最高のＤＪになるんだったら、これじゃないかもしれない」

オイリーはヘッドフォンを外した。


ヘッドフォンを外したオイリーに、揚太郎は口を閉ざした。

（また、断られるのか？　オイリーさんにとっても、オレは『猫……』）

「よし。オレの機材一式、ここに持ってきてやろう」

「え！」

揚太郎は耳を疑った。機材一式って、本当にいいのか？

「いいんだ。なんならレコードも全部ここに持ってきてやる」

「レコードも⁉」

「ああ。覚悟はできてるだろ？」

揚太郎は振り返った。

部屋の隅っこで『三代目道玄坂ブラザーズ』の四人が目をキラキラさせている。

揚太郎はオイリーに向き直り、力強く頷く。

「はい！」

「よし、お前が一人前のＤＪになるまで、ノンストップメガミックスだ!!」

「はい!!」

揚太郎は気合十分に答えた。


どうやらオイリーは本当に師匠になってくれるらしい。

オイリーのＤＪ機材一式、大量のレコード、その他多くの荷物を『三代目道玄坂ブラザーズ』は空き宴会場へ運び入れた。

なぜかいろんな家具まで交ざっていたが、揚太郎たちは気にしなかった。本物のＤＪ機材を目《ま》の当たりにし、それどころではなかったのだ。

「おーい、ちょっと落とすなよ。ＤＪセットはＤＪの横だからな」

ソファに寝そべるオイリーの指示に従って、空き宴会場には本物のＤＪブースが出来上がった。

深夜の空き宴会場。

球児、満夫、タカシ、錠助はすでに帰り、揚太郎とオイリーだけが残っていた。

揚太郎はＤＪブースを前にして立っていた。

初めて見る本物のＤＪ機材たち。本物のターンテーブル。本物のミキサー。ヘッドフォンのプラグを挿すところだってある。

（ここからだ……今この瞬間から、オレはＤＪ道を本格的に進みはじめるんだ……）

（さあ、師匠！　オレを導いてくれ！）

「このビデオがお前を導いてくれる」

テレビの前に立っていたオイリーは、一本のＶＨＳテープを持っていた。

（まずはビデオ学習から始めようってことか）

「心して臨《のぞ》め」

「はい！」

オイリーがビデオデッキにテープを挿入する。

波打つテレビ画面に〈ハイビスカス・グルーヴ・メイト〉の文字が躍《おど》る。

続けて現れたのは、サングラスをかけたカラフルな男だった。

〈DJ KOO《コー》のぉ、パーフェクトDJぇ！　キミもぉ、ファイブデイズでぇ、レ～ッツKOOぉ！〉

揚太郎は一気に警戒モードへ入る。

（……いや、でもDJと名乗っている。これもきっとDJなんだ）

〈DAY《デイ》、ワァン！〉

いつの間にかDJ KOOはDJ機材を前にしていた。

〈まずわぁ、ターンテーブルにぃ、手のひらをぉ、か・さ・ね・て、みよぉ！〉

DJ KOOに従い、揚太郎はターンテーブルに手のひらを置いてみる。

〈キミはなにを感じてるぅ？　マインドをセットする前にぃ、レコードをセットなんてフライングわぁ、ノー・モア・KOOぉ！〉

揚太郎は精神を研《と》ぎ澄ますが、DJ KOOのテンションが邪魔してくる。

〈この瞬間をぉ、た・い・せ・つ、にしよぉ！　DJというのは最高にクール！　キメてKOOぉ！　タノしんでKOOぉ！　は・しゃ・い・で、KOOぉ！　そして、アゲてKOOぉ！　YEAH！〉

「………」

〈さぁ！　もっと、叫べぇ！　騒げぇ！　エビバディ・スクリーム！〉

揚太郎はＤＪ ＫＯＯを見つめたまま、一つ納得した。

（わかったよ、苑子ちゃん。君が言っていた『猫ＤＪ』ってやつが……）

だが揚太郎は、もう後戻りができなかった。

球児、満夫、タカシ、錠助が、どれだけ自分に協力してくれているかを知っていた。

この空き宴会場を本物のフロアに作り変えられたのも、あの四人がいたからだ。

今さらＤＪをやめることなんてできない。『三代目道玄坂ブラザーズ』を裏切ることなんて、揚太郎にはできなかった。

（行くしかねえんだ、オレは……ＤＪ ＫＯＯに、ついていくしかねえんだ⁉）


そんな揚太郎の気持ちを利用し、オイリーはソファでくつろいでいた。

求人誌を広げ、やる気もしない仕事を探しながら……。


それから揚太郎はＤＪ ＫＯＯによるＤＪ講座を始めた。

昼はとんかつ屋『しぶかつ』で働き、夜は空き宴会場でビデオレッスン。

キャベツを切るスピードはますます速まった。

時々、『とんかつＤＪ』のファンにセルフィーをねだられることもあった。

　でもＤＪスキルが上達した実感はなかった。

　閉店後の『しぶかつ』。

　部屋で支度を終えた揚太郎は、階段を下りて店内へと出ていった。大きなあくびをこぼすが、今夜もＤＪ ＫＯＯのビデオレッスンがある。

（目を覚ませ、オレ。今夜こそ、ＤＪ ＫＯＯもＤＪ機材の扱い方を教えてくれるはずだ）

「『とんかつＤＪ』」

　背中にかけられた声に、揚太郎は振り返った。

　厨房では、妹のころもが一人居残ってお皿を拭いていた。

　ころもを応援するように、揚太郎はサムズアップする。続けてスクラッチのジェスチャーをしながら擬音を発する。

「シュキッ。シュキッ。シュキシュキシュキシュキッ」

「楽しい？」

　ころもは呆れているようだ。

（女子高生にＤＪは早すぎたか）

　揚太郎は厨房を覗き込みながら、ころもに同情するように言う。

「お前もハタチ過ぎたらフロアで体感しちゃえよな。悪いが、『とんかつＤＪ』は今からノンストップメガミックスだ」

さっさと店を出ていこうとする揚太郎。

「とんかつは？」

「え？」

再び呼び止められ、揚太郎は足を止めた。

ころもは『とんかつＤＪ』の〈とんかつ〉部分に疑問を抱いているようだ。どうして〈とんかつ〉を付けているのだろうかと。

「だって、とんかつ揚げたことないじゃん」

（揚げたことがないいんじゃねえよ。揚げさせてくれねえんだよ）

揚太郎はころもに言い返す。

「その苦情なら、親父が窓口だよ」

（揚げ場に立つ準備ならいつだってできてる。それを邪魔してるのは親父だろ？　そこんとこはお前もよく知っているはずだぜ、ころも）

「お父さん、あんな風にしか言えないけど、お兄ちゃんのこと心配なんだよ」

話を切り上げたかった揚太郎だったが、ころもはなおも突っかかってきた。

揚太郎はわずらわしさを隠し切れなかった。

「へぇ、そうなんだ。お疲れ」

「何それ。そんなんじゃ、お兄ちゃん、ただのDJだよ」

怒って厨房から出てくるころも。

揚太郎は一拍置いてから言う。

「悪くないな」

「あっそ。でも、DJになれなかったらただの……」

ころもはしばらく考える間を取った。

揚太郎はころもを促す。

「なに？」

「ごめん！　何もなさすぎて、言葉が出なかった！」

揚太郎はしばらく動けないでいた。

もし、自分が揚げ場に立っていたらと、揚太郎は考える。

もし、とんかつ道を順調に進んでいたら、DJ道を進もうとしていただろうか。

ひょっとして、とんかつ道を進めない自分から逃げているだけなんじゃないか。

だとしたら、DJ道が進めなくなったとき……。

ＤＪになれなかったとき、今度もまたなにかに逃げるのか？

（……いや、違う。オレは逃げてなんかねえ!!）

ころもの言葉から逃げるように、揚太郎は店を出ていった。


空き宴会場。

〈ＤＪにとって大切なのはポーズぃぃんぐ！　カッコよくないＤＪなんてぇ、ノー・モア・ＫＯＯぉ！　ボーイズ＆ガールズぅ！　オールデイズでぇ、カガやいていＫＯＯぉ！　三拍子でぇ、ワンッ、トゥッ、スリぃ！〉

揚太郎はＤＪ ＫＯＯに倣《なら》ってポージングの練習をする。もしかしたらこれも、ＤＪ機材を触る前の準備運動なのではないか。そう自分を納得させて。

（オイリーさんが言ってたんだ……ＤＪ ＫＯＯが導いてくれるって……っ）


球児は満夫と空き宴会場にいた。

テレビ画面に映るＤＪ ＫＯＯのテンションに、ＤＪブースの揚太郎が必死についていこうとしている。だがどう見てもＤＪの特訓をしているようには見えない。

アゲ……お前、ちょんぼしてねえか、これ……。

球児は空き宴会場の隅っこへ顔を向けた。そこではサングラスをかけたオイリーが、プールサイドチェアに横になって揚太郎を見守っていた。……いや、寝ている。いつの間にかキャンプ用テントまで設置している。

球児は満夫に訊いてみた。

「……住んでるの？」

「………」

満夫は無言で困り顔だ。

〈そして、スクラッチぃ！　フェーダーコントロールぅ！〉

ＤＪ ＫＯＯに言われ、揚太郎がＤＪ機材を見下ろす。

〈キメポぉーずぅ！〉

揚太郎は慌ててＤＪ ＫＯＯのポーズを真似た。

〈キミだけのキメ方で、ミせてみよぉ！　その後の掛け声を大切にぃ！　オーケぇ！〉

「オーケぇ！」

揚太郎はＤＪ ＫＯＯに続けた。ＤＪ機材を触ることもないまま、休む間さえ与えられず、揚太郎の息はアガッていた。

〈本物のＤＪになるならぁ、趣味の時間もタイセツにしよぉ！〉

テレビ画面のＤＪ ＫＯＯは、なぜかプールサイドへ場所を移動していた。椅子に腰かけ釣竿《つりざお》を手にしている。その姿はもうＤＪではなかった。

〈今日わぁ、フィッシングだぁ！〉

水着の女性たちが黄色い歓声を上げながらＤＪ ＫＯＯを取り囲む。

〈こんなトキもぉ！　ＤＪとしての気持ちを――〉

映像が止まった。

少し前に巻き戻され、再び水着の女性たちが歓声を上げながらＤＪ ＫＯＯを取り囲む。

揚太郎が球児と満夫を見た。疲れきった表情をしている。

球児の隣で満夫がリモコンを手にしていた。映像を巻き戻していた満夫は、水着の女性たちを気に入ってしまったようだ。

球児は満夫の頭を叩いた。頑張る揚太郎を邪魔してはいけないと思った。

揚太郎はＤＪブースに手をついて身体を支えていた。

睡眠時間を削っての特訓。ブートキャンプさながらの授業。満夫がテープを巻き戻してくれたおかげで、ちょっと休憩することができた。でも揚太郎の身体はもう限界だった。

（もうやめてくれ……ＤＪ ＫＯＯ……今日はこれで終わりにしてくれ……）

ＤＪ ＫＯＯはテレビの中で釣りを始めている。
〈こんなトキもぉ！　ＤＪとしての気持ちをぉ！　た・い・せ・つ・にぃ！　ＹＥＳ《イエス》ぅ！〉
ＤＪ ＫＯＯが釣竿のリールを巻きはじめる。
まるで催眠術にかかったように、揚太郎の意識のクロスフェーダーが右に吹っ切れた。

気がつくと揚太郎は真っ白な空間にいた。

（こ、ここは……夢……？）

揚太郎は目の前のＤＪ機材に気づく。

左右のターンテーブルでレコードが回っている。

中央に置かれたミキサーでは、クロスフェーダーが右端にセットされている。

（つ、つまり……右側のターンテーブルが音を出しているってことか……？）

ふと、気配を感じた。

ＤＪブースの向こう側に、ＤＪ ＫＯＯが立っていた。

「揚太郎ぉ！　なにをボケっとしているぅ！　グルーヴをキープぅ！　キックの音に、耳をすませぇ！」

「はい！」

言われた通りに耳をすませると、ドゥンドゥンドゥンドゥンというキック音が聞こえてきた。右側のターンテーブルから流れるキック音だ。

「ほらぁ！　アゲてけぇ！　ドゥンドゥンドゥンドゥン！」

ＤＪ ＫＯＯのリズムに合わせ、揚太郎はクロスフェーダーを左へスライドさせていく。聞こえているドゥンドゥンドゥンドゥンのキック音に、左側のターンテーブルから流れる音が徐々に混じっていく。

ドゥン、ドゥン、ドゥン、ドゥン
ドゥン、ドゥン、ドゥン、ダン
ドゥン、ダン、ドゥン、ダン
ダン、ダン、ダン、ダン

揚太郎の意識のクロスフェーダーが、左端へと移動した。

ダン、ダン、ダン、ダン
ダン、ダン、ダン、ダン

「はぅ！」

揚太郎は目を覚ました。

そこはとんかつ屋『しぶかつ』の厨房だった。

揚太郎は視線を下ろした。左手がまな板にキャベツを押さえつけ、右手に握った包丁がキャベツを切り刻んでいる。

どうやらキャベツの千切り中に、うたた寝してしまったようだ。まな板と包丁の刃が、ダンダンダンダンダンと一定のリズム音を立てていた。

「…………」

（……ひょっとして、今のがノンストップメガミックス……？）

揚太郎は気を取り直して、キャベツの千切りに専念した。

その日の深夜も、揚太郎は空き宴会場へと向かった。
ビデオデッキにテープをセットする。
テレビ画面に現れたＤＪ ＫＯＯは、いつものテンションで語りはじめる。
〈ＤＪ ＫＯＯのぉ、初コぉイぃ！　イェイ、イェイ、イェイ、イェイぃ！　あれはオレ

が小学校四年生ぃの夏休みぃ！　サマぁヴァケぇション、でしたぁ！〉

　揚太郎は首にヘッドフォンをかけたまま立ち尽くしていた。

（わからねえよ、ＤＪ ＫＯＯ……。Ｓｉｒｉ《シリ》も聞き取れねえそのイントネーションじゃ、オレになにを伝えたいのかわからねえよ……）

「アゲ、これほんとに大丈夫か？」

　さっきから見守っていた球児が、心配そうに訊いてきた。

「あ？」

　ＤＪ ＫＯＯをバカにされ、揚太郎はムッと球児を睨《にら》んだ。

　球児はテレビ画面のＤＪ ＫＯＯを顎《あご》で示す。

「中学んとき、漫画家の通信講座受けたからわかんだけど……これ多分ダメなやつだぜ」

「……そうなの？」

「だって、全然上達してる感じしねえよ」

　球児の言う通りだった。

（でも、ＤＪ ＫＯＯがオレを導いてくれるって、オイリーさんが……）

（……いや、もしかしてオイリーさん、字幕スーパー版と間違えてるのか？）

　揚太郎はプールサイドチェアを見た。

だが、オイリーの姿はそこにはなかった。

「あれ、オイリーさんは?」

球児は呆れたように言う。

「あの人、完全に教える気ねえだろ」

(え、でもオイリーさん、オレを最高のDJにしてくれるって……)

ふと、揚太郎は思い出す。

オイリーと初めて会ったときに言われた言葉を。

——DJなんか人から教わるもんじゃねえよ。みんな独学で勝手にやってる。

——それがDJのいいところだ。

揚太郎はヘッドフォンを投げ捨て、空き宴会場を駆け出ていった。


夜も深まった時間帯。

渋谷は今夜も、もう一つの顔——夜の顔を輝かせている。

『WOMB』のフロア。

DJブースではオイリーが両手を揺らしている。彼に操られるように、フロアでは多くのキラキラした人たちが踊っている。

揚太郎はフロアの端で、オイリーのＤＪプレイに心を躍らされていた。

（やっぱりすげえ。オレの全身の細胞がアガりまくっている……）

（オイリーさんはオレに足りないモノを持っている……）

（でも、それってなんなんだ？　オレに足りないモノ。オイリーさんが持っているモノ……）

揚太郎は心の目を見開いた。

（教わるんじゃねえ！　ＤＪってのは、独学で勝手にやっていくものなんだ!!）

そのとき、オイリーがフロアのみんなにＤＪブース上を指さした。それを合図にフロアから歓声が上がる。

「…………っ!?」

揚太郎は双眼鏡を取り出し、オイリーが指さしたものを確認する。

ＤＪブース前に一枚のレコードジャケットが掲げられていた。アフロヘアの男が二人写っている。真ん中にはレコード名〈ＪＵＩＣＹ＆ＣＲＩＳＰＹ《ジューシークリスピー》〉と書かれている。

揚太郎は思わず呟く。

「ジューシー・アンド・クリスピー……」

その響きに、揚太郎はなにかを掴《つか》みかける。

双眼鏡を覗きながら、揚太郎はフロアで踊る人たちの顔を確認する。

男性客。女性客。笑顔で楽しそうに自分の時間を愉しむ一人客。仲間で集まって愉しいひとときを共有するクラブ客。オイリーの多幸感溢《あふ》れるグルーヴを体感し、幸せそうなみんなの表情……。

「もしかして……」

そのとき、フロアに流れていた曲が変わった。

インクレディブル・ボンゴ・バンドの『アパッチ』だ。

ボンゴとはキューバの民族楽器であり、太鼓の一種である打楽器のことを指す。つまりバンド名は「半端ないほどのボンゴ」という意味であり、事実、このバンドのボンゴ音の数は信じられないくらいに多い。また『アパッチ』という曲は「ヒップホップの国歌」と呼ばれるほど数多くのラッパーにサンプリング源として用いられている。

そんな『アパッチ』がフロア内に流れ出す。

トン、カッ、ツカ、ツカ、トン、カッ、ツカ
トン、トン、カッ、ツカ、ツカ、トン、カツ

いろんな打楽器が奏でる『アパッチ』の軽やかな曲調。

そこに『しぶかつ』の厨房に響く様々な音が重なる。

食器が触れ合う音。卵を溶く菜箸《さいばし》とボウルの音。

キャベツを千切りするときの、まな板と包丁が立てる一定のリズム音……。

(同じだ‼)

ライティングの色が変わり、琥珀《こはく》色の光がフロア内を包み込む。それは熱された油と同じ色。揚太郎の中で、フロア空間がフライヤー空間へと変わっていった。

ジュワアアアア、と揚太郎の頭に油裂音《ゆれつおん》が響いた。

フロアでアゲられていくクラブ客。

彼らの笑顔が『しぶかつ』でとんかつを食べるお客さんたちの表情と重なった。

(これも同じだ‼)

「まさか……」

いつの間にか双眼鏡を下ろしていた揚太郎は、そのままＤＪブースを見上げた。

オイリーがフロアの音を聞きながらミキサーをいじり、フロアの客をアゲている。

その姿に、揚太郎の中で一人の人物が重なった。

揚げ場で油裂音を聞きながら、とんかつをアゲている人物の姿が……。

「とんかつと、ＤＪって……とんかつと、ＤＪって……」

そのときにはもう、ＤＪブースにオイリーの姿はなかった。

揚太郎の目にはそこに、揚げあがったとんかつを掲げる、揚作の姿が見えていた。

「とんかつとＤＪって……」

(同じなのか⁉)

揚作の幻が、揚太郎に力強く頷いた。


とんかつとＤＪは同じ。

それは世紀の大発見。隠された真実。令和激震の大本命。

(これはみんなに知らせなきゃならねえ‼)

揚太郎は空き宴会場に球児、満夫、タカシ、錠助を招集した。そして深夜のテンションに任せ、とんかつとＤＪは同じだと力説した。すでに今夜のＤＪプレイを終わらせたオイリーも、ソファでくつろぎながらそれを聞いていた。

「とんかつとＤＪが同じ？」

球児はまだ呑《の》み込めていないようだ。

「言っていることがちょっとわかんないんだが」

揚太郎はオイリーを指さす。

「オイリーさんがフロアを最高にアゲてる姿は、親父が『しぶかつ』で最高に旨《うま》いとんかつを揚げてる姿そのものだった！」

「「「おお～」」」

タカシ、満夫、錠助がオイリーに羨望《せんぼう》の眼差《まなざ》しを向けた。

「…………？」

戸惑うオイリー。彼は『三代目道玄坂ブラザーズ』の二代目に対するリスペクト、師匠に対する尊敬の念をあまりよく知らない。

「オイリーさん、気づいたんです」

揚太郎はオイリーに歩み寄る。

（オレが自分の力で気づくまで、ずっと待っていてくれたんですよね、師匠!!）

「豚《ぶた》を揚げるかフロアをアゲるかに、大した違いはねえ！」

「「「ほお～」」」

今度は球児も交ざって、『三代目道玄坂ブラザーズ』がオイリーに目を輝かせた。

オイリーはしばらく間を置いてから、小さく頷く。

「まあな」

揚太郎は確信した。

とんかつとＤＪは同じ。

それは揚太郎にとって、揚作とオイリーが同じだということだ。

揚作が揚げ方を教えてくれなかったように、オイリーもアゲ方を教えてくれなかった。

でも二人とも、とんかつ道とＤＪ道を邪魔していたわけじゃない。

（親父もオイリーさんも待っていたんだ。中途半端なオレが、本気になるそのときを……）

揚太郎はＤＪブースに戻る。

「見えてきたんだ、オレの目指すべきものが……」

そこはもう、揚太郎にとって揚げ場と変わりなかった。

（とんかつ道もＤＪ道も変わらねえ。オレはオレの道を突き進むんだ！）

揚太郎は球児、満夫、タカシ、錠助、そしてオイリーに宣言する。

「これぞまさにとんかつＤＪだ！」

揚太郎が目指すもの――それはすなわち『とんかつＤＪアゲ太郎』だ。

3章

渋谷《しぶや》に朝がやってきた。

雲一つない青空がどこまでも続く、新しい朝だった。


揚《あげ》太郎《たろう》の部屋。

豚《ぶた》の目覚まし時計が朝の五時を示し、グワッグワッグワッグワッグワッと鳴きはじめる。

揚太郎は素早く目覚まし時計を止める。

（寝ぼけてんじゃねえぞ目覚まし時計！　オレはもうすでに起きていたぜ！）

揚太郎はランニングウェアに着替え、ヘッドフォンを首にかけてから勢いよく部屋を飛び出した。


軽やかな足取りで階段を下り、揚太郎は店内へと出ていった。

厨房《ちゅうぼう》では揚作《あげさく》とかつ代《よ》が朝の仕込みを始めていた。

菜箸《さいばし》とボウルを使って卵を溶いていたかつ代が、びっくりしたように顔を上げる。

「あら、早いわね」

揚太郎はそのまま出ていこうとしたが、揚作の手元に気づいて足を止めた。

揚作は豚の切り身に包丁の切っ先を四十五度の角度で刺している。リズムよく。いくつか穴をあけるように。

（わかるぜ、親父。筋切りだろ？　肉の赤身と脂身《あぶらみ》の間には、いくつもの筋が走っているんだよな。それを切っとかなきゃ、熱したときに肉が縮んで醜《みにく》くなる）

（だが、見た目だけじゃねえ。縮んだ豚肉じゃ、熱も均等に回らねえ。筋切りなしの豚肉じゃ、旨《うま》いとんかつは揚がらねえ）

（フッ、気になるよな、親父。どうしてオレがそれを知っているんだって……）

揚太郎は片手を壁につけ、筋切りに励む揚作に宣言する。

「親父。オレ、とんかつもフロアもアゲられる男になる」

「…………」

黙々と作業する揚作に、揚太郎は大きく繰り返す。

「親父！　オレ、とんかつもフロアも――」

(わかってくれたか、親父！)

揚太郎は頷《うなず》き、早朝のランニングへと駆け出していった。

「聞こえたよ」


とんかつとDJは同じ。

その真理を見つけた揚太郎は、『とんかつDJアゲ太郎』になるためストイックな毎日を送りはじめた。

そしてますます、とんかつとDJは同じだという概念を深めていった。


とんかつとDJは同じだった。

とんかつ定食を載せたお盆とターンテーブルは同じだ。

お盆に載せたとんかつの皿とターンテーブルで回るレコードは同じだ。

布巾でテーブルを拭いていく店内清掃——これもDJのスクラッチと同じだ。

なによりも揚太郎を震撼《しんかん》させたのが、曲と曲とをノンストップで繋《つな》いでいくDJとしての役目が、そっくりそのまま店内接客へ活かせることだった。

「さあさあ、とんかつが通りますよ〜！　はい、ロース！　からの、ヒレ！」

接客の基本はお客さんの動きを見極め、素早く動くこと。

それを繰り返し繰り返しやっていくこと。

キャベツのおかわりが欲しいのか、食後に薬を飲むため水が欲しいのか、注文を取ってほしいのか、会計を済ませたいのか、今まさに入店してきたところなのか。

お客さんの状況を素早く判断し、滞《とどこお》ることなく対応していく――接客はまさにノンストップメガミックスだった。


昼はとんかつ屋、夜はDJ練習。そんな日々を過ごしていく揚太郎は、時間を見つけては『円山《まるやま》旅館』の上階へと足を運んでいた。

廊下にある非常口の窓からは向かい側のビルが望める。

衣裳《いしょう》部屋でアイロンがけをする苑子《そのこ》を眺めながら、揚太郎はほほ笑んだ。

（苑子ちゃん、オレ、もう『猫DJ』は卒業したぜ。『とんかつDJアゲ太郎』になるんだ）


とんかつ屋『しぶかつ』の厨房。

ころもは皿を拭きながら、心が軽くなっていく自分を感じていた。いつも悩みの種だった不肖の兄・揚太郎の様子が変わったのだ。

キャベツの盛り付けも接客も、揚太郎は以前と変わってきびきびとこなしていた。

そんな揚太郎の姿に、母・かつ代も目を見張るものがあるようだった。

いつも揚太郎に怒っていた父・揚作も……。

ついに兄は本気になってくれたのだろうか。

ころもはちょっと期待していた。


オイリーは歯を磨きながら、『円山旅館』の地下へと続く階段を下りていった。

一度はホームレスになりかけたが、居心地のいい新居を手に入れていた。税金のように圧《の》しかかる光熱費もかからない。住民票も移さなくていいから、渋谷区のくそ高い区民税も支払わなくていい。そんなオイリーにとってのタックスヘイヴン、『円山旅館』の空き宴会場。

だが、空き宴会場に戻ったオイリーは足を止める。

DJブースに揚太郎の姿があった。ターンテーブルにセットしたレコードに、小さなマーキングシールを貼っている。

……あいつ……アタマ出しを習得しているのか……!?

アタマ出しとは、曲のスタート部分——アタマを前もって探しキープすることをいう。曲を繋いでいくDJにとって、曲のアタマを把握することはなによりも重要だ。

でもレコードは黒い円盤。どこに針を落とせば曲がスタートするのか、見ただけではわからない。そこで揚太郎は曲のアタマを探し、レコードのその部分に目印となるマーキングシールを貼っているのだ。

ここ最近、オイリーは揚太郎のDJ練習を観察するようになっていた。カットイン、スクラッチを習得していく揚太郎は、もうインチキビデオを卒業していた。揚太郎の成長スピードには、オイリーも瞠目《どうもく》するものがあった。

ひょっとしたらこいつ、本当にゴールデンボーイなのかもしれねえ……。

一人で勝手に学びはじめた揚太郎の姿に、オイリーはしばらく見入っていた。


レコード屋『Digger's《ディイガーズ》』。

オイリーに紹介されたこの店で、揚太郎はレコードをディグっていた。

ディグる。それはレコード屋でレコードを物色する行為をいう。無数のレコードの中からお気に入りを探し出す姿が、宝を掘り起こす〈採掘者〉をイメージさせるのだ。

本物の〈ディガー〉ともなれば、箱詰めされたレコードを数センチしか取り出さない。

少しだけ顔を出したジャケットを見て、買うか買わないかを瞬時に判断する。買わなければ戻し、続けて次のレコードを数センチ取り出す。それを延々と繰り返す。スパッ、スパッ、スパッ、スパッ、とジャケットの摩擦音を立てながら、バイブスを感じたレコードを掘り起こす。

（うおおおおおお!!）

揚太郎は全力でレコードをディグる。次から次にジャケットを数センチ取り出してはそれを戻し、心の底から共鳴を感じるレコードを探す。

スパッスパッスパッスパッ。

会計カウンターでは、オイリーが揚太郎を見守っている。店主溝黒《みぞくろ》と一緒に、いいディグり具合だと言いたげに。

スパッスパッスパッスパッ。

「⁉」

レコードをディグる手が止まって、揚太郎は目を見開いた。

（お、同じだ!!）

揚太郎の目の中で、レコードの詰まった箱がぬか床の詰まった木樽《きだる》へと姿を変えていた。

ぬか床の中に手を突っ込み、ぬか漬けされたきゅうりを掘り起こす行為——ディグ。

黄土《おうど》色のぬかの冷たい感触が、揚太郎の前腕を包み込む。

揚太郎の指先にぬか漬けされたきゅうりが触れる。

「はあああ！」

揚太郎は一枚のレコードを掴《つか》み取り、思いっきり掘り出した。

揚太郎が天井に掲げたジャケットには、ビキニの女性のお尻がクローズアップで写っていた。レコード名は『ヒップ・ザ・ワールド2』。

「おおお！」

揚太郎は笑顔で『ヒップ・ザ・ワールド2』をオイリーに見せつけた。

スケベなそのジャケットに、オイリーはちょっと笑っていた。


空き宴会場のＤＪブースで、揚太郎は早速『ヒップ・ザ・ワールド2』を流していた。

大きなミラーボールの下では満夫《みつお》が一人踊っている。

揚太郎はヘッドフォンに耳を当てながら、満夫をアゲていく。すでに揚太郎は『道玄坂《どうげんざか》薬局』三代目、錠助《じょうすけ》のドリンク剤がなくても満夫をアゲられるＤＪになっていた。

スクラッチ！　フェーダーコントロール！

（さあ、アゲてくぜ、満夫！　お前をアゲまくってやるぜ！）

ふと、オイリーがやってきた。

オイリーはなにやらごにょごにょ言っている。

揚太郎は音楽を止め、ヘッドフォンを外した。

「はい?」

「お前、なんでいっつもジャケ出してんだよ」

オイリーが指さしていたのは、DJブースに掲げていた一枚のジャケットだった。

「え? ……だって、オイリーさんがクラブでやってたじゃないですか」

揚太郎はジャケットを手に取る。

急に音楽が止まって所在なさげな満夫に、揚太郎はジャケットに写るビキニの女性のお尻を見せる。

満夫は嬉《うれ》しそうに頷いた。

揚太郎は満夫に頷き返した。

(流している曲がなんなのか、DJはフロアのみんなに伝えなきゃならねえ。オイリーさんがそれを教えてくれたんだ)

「バカ! わかってないで何でも真似《まね》するな!」

オイリーは揚太郎から『ヒップ・ザ・ワールド2』のジャケットを取り上げる。

「オレは、みんなにこの曲を好きになってもらいたい、そういう特別なときだけジャケを見せてんだよ」

ジャケットに写るビキニの女性のお尻を、オイリーはどうでもよさそうに叩いた。

（特別なときだけ……）

「じゃあ、オイリーさんがフロアでかけてた『ジューシー・アンド・クリスピー』は……？」

「ビッグマスターフライがブロックパーティで沸かしていた、伝説のトラックだよ」

オイリーがＤＪブースの背後に置かれた棚を漁《あさ》り、一枚のジャケットを取り出す。

アフロヘアの男が二人写ったジャケット――『ジューシー・アンド・クリスピー』。

「見つけたときはどれだけ興奮したか……」

オイリーは愛《いと》おしそうに『ジューシー・アンド・クリスピー』に口づけた。

たとえ最高のレコードでも、発売当初に見向きもされなかったら、すぐにレコードの墓場の奥深くに埋もれてしまう。『ジューシー・アンド・クリスピー』もその一つだった。

オイリーはそれを見事にディグりあてたのだ。

そのように価値を再発見されたレコードは〈レア・グルーヴ〉と呼ばれている。主に六〇年代～七〇年代にかけて発売されたものが多い。

（そんなすげえものだったのか……）

揚太郎は無言で手を差し出した。

「やるか！　バカ！」

オイリーは揚太郎の手をはじく。

「オレの人生の一枚なんだよ」

オイリーは『ジューシー・アンド・クリスピー』をしまいながら続ける。

「ルーツを知って、継承していく。そうやってクラブカルチャーは続いていくんだよ」

なにも曲を繋いでいくことだけがＤＪの役目じゃない。

音楽の歴史を次の世代へと繋いでいくこともまた、ＤＪが持つもう一つの役割なのだ。

（やっぱり同じだ、とんかつと）

（一代目揚松《あげまつ》が親父へと繋いだ『しぶかつ』の看板、揚げ場、とんかつ……）

揚太郎は『ヒップ・ザ・ワールド２』のジャケットを手に取った。

（こいつにも、ルーツがあるんだ……）

オイリーが肩に手を回してくる。

「お前も気に入ったアナログに出会えたら、フロアで最高のつなぎでブチかませ。それで、かっけぇっと思ってもらえるのが、ＤＪの醍醐味《だいごみ》なんだ！」

その言葉を揚太郎の心へ押し込むように、オイリーは揚太郎の背中を力強く叩いた。

「はい！」

揚太郎は目を輝かせて頷き、ビキニの女性のお尻が写ったジャケットを見つめる。

（『ヒップ・ザ・ワールド2』……オレの〈レア・グルーヴ〉……）

揚太郎はレコードを回し、ＤＪの練習を再開した。


渋谷にある焼き鳥屋『山家《やまが》』本店。

この老舗《しにせ》焼き鳥屋には、夜になると渋谷のＤＪたちが集まってくる。

オイリーは一人、揚太郎のことを考えていた。

弟子は取らないと思っていたが……。

オイリーは揚太郎にバイブスを感じはじめていた。『ジューシー・アンド・クリスピー』のことも語ってしまうほどに。

「オイリー」

名前を呼ばれて顔を上げると、同じ四十代の知り合いＤＪのミネがやってきた。派手なＴシャツを着たオシャレな中年男だ。向こうの席で飲んでいたらしい。

「お〜い」

オイリーが返事を返すと、ミネはハイボール片手に向かいの席に腰かけた。

「DJひとり穴空いたから出てよ。超気合入れて準備してるイベントなんだよ」

オイリーはビールを一口煽《あお》ってから、ミネに提案してみる。

「オレが出てもいいいんだけどさ……」

「おお」

ミネは顔を上げた。

オイリーはもったいぶるように顎《あご》ひげをさする。

「最近、いい奴がいるのよ」

「……え、誰……誰？」

オイリーは食べていたとんかつの切れ端を箸で掲げ、不敵な笑みを浮かべてみせた。

深夜の空き宴会場。

大きなミラーボールが回る下では『三代目道玄坂ブラザーズ』が盛り上がっていた。

DJブースに立つ揚太郎は、初めて掘り当てた自身の〈レア・グルーヴ〉――『ヒップ・ザ・ワールド2』を流していた。

開放的なサマーミュージックの軽やかなリズムに、球児《きゆうじ》、タカシ、満夫、錠助の四人はワールドワイドにお尻を振って踊っている。

（や、やべえ、アガりすぎてる……ケツの割れ目がくっついてるのが奇跡だ）

（だが足りねえ。もっとだ。もっと、もっとオレらはアガッていかなきゃならねえ……!!）

揚太郎はインプットフェーダーをつまむ。縦に動かす音量のフェーダーだ。

揚太郎はDJブースの向こうで踊る四人に掛け声をかける。

「SAY《セイ》、とんかつ！」

すかさず、インプットフェーダーを下へスライドさせる。ゼロの位置へ。

一瞬だけ止まった曲の隙間《すきま》を埋めるように、球児、タカシ、満夫、錠助が叫ぶ。

「「「「とんかつ！」」」」

揚太郎はさっとインプットフェーダーを上へスライドさせる。音量全開の位置へ。

再び、揚太郎は四人に掛け声をかける。

「SAY、かつかつ！」

揚太郎がインプットフェーダーを下へスライドさせる。

リズミカルに訪れる一瞬の無音を球児、タカシ、満夫、錠助の叫びが埋める。

「「「「かつかつ！」」」」

また揚太郎はインプットフェーダーを上へスライドさせる。

「SAY、ロース！」

揚太郎がインプットフェーダーを下げて一瞬の無音を作り、

「「「ロース！」」」

球児、タカシ、満夫、錠助がその間を埋める。

いわゆるコール&レスポンスと呼ばれるテクニックだ。DJの掛け声にフロア客が応答することで、フロアに一体感を生み出し、最高に盛り上がる。

揚太郎はこのコール&レスポンスをすでに習得していた。

「SAY、とんかつ！」

「「「とんかつ！」」」

「SAY、かつかつ！」

「「「かつかつ！」」」

「SAY、ロース！」

「「「ロース！」」」

（やべぇ！　球児、タカシ、満夫、錠助……オレら最高にアガりまくってるぜ！）

と、揚太郎は空き宴会場の出入り口で立ち止まっているオイリーの姿に気づいた。

遠慮しているのか、オイリーは『三代目道玄坂ブラザーズ』の作り出す空気に足を踏み入れようとしていなかった。

「あ、オイリーさんお帰り！」

　揚太郎が声をかけると、四人も振り返ってオイリーに気づいた。

「「「「オイリーさん！」」」」

「ほら、みんなと一緒に！」

「「「「一緒に！」」」」

　コール＆レスポンスでオイリーを手招きする『三代目道玄坂ブラザーズ』は、魂を共鳴し合っていた。

　タカシが興奮しながら言う。

「これフロアでもやってみたいな！」

　錠助も白衣姿のまま同意する。

「ヤバいね。これ絶対盛り上がるよね！」

　激しく頷き合う球児、満夫、タカシ、錠助の四人。

　揚太郎もコール＆レスポンスで答える。

「SAY、とんかつ！」

「「「「とんかつ！」」」」

「SAY、かつかつ！」

「「「かつかつ！」」」

「SAY、ロース！」

「「「ロース！」」」

「SAY、ロース！」

「「「ロース！」」」

音楽が止まった。

急に訪れた沈黙に、『三代目道玄坂ブラザーズ』は驚きの目でオイリーを見た。

レコードの回転を止めたオイリーは、呆《あき》れたように言う。

「お前らクラブのフロアを簡単に考えるな。場所も機材も変われば、話は変わる」

しゅんと萎《しお》れる球児、満夫、タカシ、錠助の四人。

オイリーはDJブースの中へと入り、揚太郎に迫りながら言う。

「お前もフロアに立ってみればわかるよ。油断、緊張、不運。フロアではなにが起きるかわからない。へらへらしてられんのも今のうちだけだってね」

肩を叩いてDJブースを出ていくオイリーに、揚太郎は目を伏せた。

（またかよ……親父みたいに、オイリーさんまでオレの道を塞《ふさ》いでくんのかよ……）

オイリーはプールサイドチェアに腰掛け、一息置いてから呟《つぶや》くように言う。

「オレもはじめは泣かされた」

怒られると思った揚太郎は、オイリーの様子に顔を上げる。

初めて見るオイリーの姿に、球児、タカシ、満夫、錠助も黙ったまま話を聞く。

オイリーは虚空《こくう》を見つめながら言う。

「でも、そこにしか道はねえんだ。初舞台に棲《す》む魔物に打ち勝って、皆一人前になっていく」

それは揚太郎の背中を押し出す助言だった。

強張《こわば》っていた揚太郎の表情を、嬉しさが解きほぐしていく。

「オイリーさん……？」

オイリーは立ち上がり、揚太郎を見据えた。

「七月十日。『WOMB《ウーム》』のパーティで、揚太郎、立つぞ。お前も、本当のフロアで」

「え、デビュー？　それってデビューってこと⁉」

感極まる揚太郎。

「「「「やった――‼」」」」

球児、タカシ、満夫、錠助の四人が顔を見合わせて歓声を上げる。

「ついに来たな、揚太郎！」

タカシが揚太郎を指さした。

タカシが行うとんかつコールに、球児、満夫、錠助がレスポンスを上げる。

揚太郎は喜びを噛《か》みしめながらオイリーを見る。

オイリーも揚太郎と一緒になってほほ笑んでいた。


球児、タカシ、錠助は空き宴会場からの帰りで、夜道を歩いていた。

ついに揚太郎のＤＪデビューが決まり、ワクワクして三人の足取りも軽くなっていた。

「パーティって、何着てけばいいのかな？」

タカシが疑問を口にする。

球児は自分の電飾屋作業着を見て、タカシの本屋エプロンを指さす。

「さすがにいつもの服じゃマズイだろ～」

「パーティっていうくらいだからな！」

薬局白衣姿の錠助も、手を叩いて一緒に笑った。


翌日。空き宴会場。

いつものようにDJ練習に臨《のぞ》もうとした揚太郎を待っていたのは、『円山旅館』の法被《はっぴ》を着たオイリーだった。

「このイベントを仕切っているミネは、手がけた企画を長く愛されるレギュラーイベントに育てるクラブ界のキーマンだ」

七月十日に開かれる『WOMB』のパーティ。それはかなり大きなイベントみたいだ。

「アゲ」

いつの間にか呼び方を変えていたオイリーは、手にしていた扇子《せんす》で揚太郎を指す。

「フロアをアゲて、このイベントの顔になれ！」

揚太郎は力強く頷いた。

（ついにオレも『WOMB』のDJブースに立てるんだ……やべえ……ワクワク感がやべえ！）

そのとき、オイリーがビデオデッキからテープを抜き取り、勢いよくそれを真っ二つに割った。

「KOO《コー》さん!?」

「こんなものはもういらない」

オイリーは二つに引き裂いたテープを床に投げ捨てる。

「今日からオレが叩き上げてやる」

「おお！　待ってました！」

DJブースの中へ回ってきたオイリーが、ブースの向こう側を指さす。

「アゲ、フロアにいる誰かをイメージしてプレイしてみろ」

「え？」

「DJの仕事は客をアゲることだ。フロアのイメージを持てないまま、いくら練習しても無駄だ。お前が行ったクラブでの記憶を思い出せ」

「なるほど」

揚太郎はDJブースに両手をつき、その向こう側を見つめる。

オイリーが揚太郎の視線の先を確認しながら言う。

「そのクラブにいる人物を具体的に思い浮かべて、その相手を踊らせようとプレイしろ」

「わかりました」

揚太郎は目を閉じ、記憶を探る。

（クラブ……オレが行ったクラブの記憶……）

「誰を思い浮かべてる？」

（初めて行った、クラブ……）

揚太郎の目蓋《まぶた》の裏には、初めて行ったクラブの光景が映っていた。


そこは『ＷＯＭＢ』の楽屋。

サファリハットを被ったガサツな中年男が、素手のままとんかつ弁当を貪《むさぼ》っている。


オイリーは目をつむったままの揚太郎の隣で、ＤＪブースの向こう側を指していた。

さあ、少年。お前は誰を踊らせたいんだ？

「オイリーさんがとんかつを食べてる……！」

「バカ。もっとあとだ」

オイリーは揚太郎を叩き、再びイメージさせる。


揚太郎の目蓋の裏には、『ＷＯＭＢ』のフロアが映っていた。

琥珀《こはく》色の光に満ちたフロアでは、むすっとしたおじさんが真顔で腰を振っていた。

「親父……!?」

オイリーに叩かれ、揚太郎は目を開ける。

空き宴会場のＤＪブースの中で、すぐ隣にいたオイリーが呆れたように言ってくる。

「お前、真面目にやれよ」

「……真面目にやってますよ」

オイリーが活を入れるように揚太郎の背中に手を当て、再びブースの向こう側を指さす。

「いいか、しっかり思い描くんだ」

揚太郎はオイリーの指先を見据える。

「お前は一体誰を踊らせたい？」

揚太郎は目を閉じ、意識を集中する。


揚太郎は『ＷＯＭＢ』のＤＪブースにいた。

空っぽのフロアの真ん中を、一人の女性が歩いている。

こちらに気づいたように足を止めた彼女は、ゆっくりと振り返る。

「苑子ちゃん……!?」

揚太郎は『ＷＯＭＢ』のＤＪブースで、フロアに佇《たたず》む苑子を見つめていた。

ブースを見上げている苑子。彼女の瞳は完全に冷めきっていた。

「ちょっとわかんない。……『猫ＤＪ』みたいな感じ？」

苑子は揚太郎に背を向ける。

「苑子ちゃん、待って！」

揚太郎はレコードをセットし、回りはじめたそれに針を落とす。続けてインプットフェーダーを上へスライドさせ、音量を最大にする。

スピーカーから流れる曲はマルーン５の『シュガー』。史上最も人気のある１００のロックバンドにも選ばれた五人組マルーン５。そんな彼らが歌うラブソング、好きすぎてどうにかなってしまいそうな女性に甘い愛を求める曲が『シュガー』だ。

電子ピアノのゆったりとしたコード進行がフロアに漂いはじめる。

それをオシャレなフィンガーベースのリズム音が刻んでいく。

そこへまぶされるとろけるように甘い男性の歌声が、愛のメロディを囁《ささや》きだす。

苑子はふと足を止める。

振り返る苑子が、揚太郎を見つめる。

思わず息をのむ揚太郎。

苑子の顔が『猫ＤＪ』になっていたのだ。

（……やめてくれ、苑子ちゃん、そんな顔でオレを……）

揚太郎ぉ！　なにをボケっとしているぅ！　と、ＤＪ ＫＯＯの声が揚太郎の頭に蘇《よみがえ》る。

（そ、そうだ！　曲を流すだけがＤＪじゃねえ!!）

揚太郎はヘッドフォンを頭にはめ、ミキサーをいじりだす。

「グルーヴをキープ！　踊って、苑子ちゃん！」

ＤＪブースで、揚太郎は眉間《みけん》にしわを寄せながらミキサーをいじりだした。

高音、中音、低音をそれぞれ調節するツマミを駆使し、揚太郎は必死に苑子の愛をこいねがう。

揚太郎は顔を上げた。

苑子の顔はもう『猫ＤＪ』ではなかった。でもその瞳は冷えきったままだ。

（だ、だめだ……オレのＤＪじゃ、まだだめなんだ……⁉）

揚太郎はシュバッとフロアに飛び降り、苑子を中心に円を描いて踊りだす。

（アガってくれ、苑子ちゃん！　オレのアガり具合を全身で感じてくれ‼）

それは鳥類や魚類も行う原始的な求愛行動だった。

音楽が途切れたのはそのときだ。

「は……っ⁉」

揚太郎は困惑し、ＤＪブースを見上げた。ブースの中は空っぽだった。

苑子は呆れたように揚太郎へ背を向け、足音を響かせながらフロアを出ていった。

空き宴会場のＤＪブース内。揚太郎は目を開けた。

オイリーがレコードを手で止めていた。

「ああ……」

「お前が踊ってどうする」オイリーはターンテーブルのスイッチを切る。「やり直し」

揚太郎はヘッドフォンを頭から外した。

「苑子ちゃんが、踊ってくれない……」

「人は簡単には踊らねえよ」

と、空き宴会場に満夫が入ってくる。満夫は揚太郎ではなく、オイリーへ顔を向けていた。

「オイちゃん、今からおやつの時間、みんな待ってるよ」

「オイちゃん……？」

聞きなれない呼び名に、揚太郎は眉をひそめた。

オイリーは明るく満夫へ答える。

「おお、みっちゃん。今行くよ」

「みっちゃん……」

（……なんだ？　この、満夫とオイリーさんのバイブスは？）

ＤＪブースから出ていくオイリーが、揚太郎へからかうように囁く。

「苑子ちゃん……」

「ちょ……っ」

「踊ってもらえるまでグルーヴを閉ざすな」

オイリーはわざわざ語尾をエコーさせ、満夫と一緒に空き宴会場を去っていった。


夜も深まった時間。

とんかつ屋『しぶかつ』の店内では、揚作が満夫の父と酒を酌《く》み交わしていた。

酒のあてはかつの玉子とじ。揚作の作ったそれと、口直しのぬか漬けだ。

満夫の父はかつを一切れ口に入れてから言う。

「オレはさ、作ちゃんのように厳しくできねえからさ、気がついたらあいつらのたまり場になっちゃって早十年……」

家業の二代目として働く二人の話題は、やはり『三代目道玄坂ブラザーズ』。

『円山旅館』の空き宴会場を占拠する彼らに、二代目として、父親としてどう接したらいいか、二人ともなかなか摑めないでいるのだった。

「悪いな」

揚作はそう言って椅子《いす》の背もたれに肘《ひじ》をかけ、もう片方の手で自身の膝《ひざ》を叩く。

「さらにうちのバカ息子がＤＪなんか始めやがるからよお」

「最近よくわかんねえ大人の人も増えて……まあ、悪い人じゃねえんだけどな」

「………」

揚作の近くにも〈よくわかんねえ大人の人〉がいた。この前、店内で揚太郎と話していた、サファリハットを被った中年男だ。

満夫の父は重々しいため息を吐く。

「いつになったら満夫は一人前になんのかね」

揚作は思わず噴き出した。いっちょ前に一人前を気取る満夫の父がおかしかったのだ。

「笑いすぎだよ、お前」

満夫の父は怒ったように言い、口直しにときゅうりのぬか漬けを食べる。

「……ん？　作ちゃん、味変わった？」

「うすいか？」

「いや、うめえ」

気に入ったようで、満夫の父はもう一切れぬか漬けを口に入れた。

揚作は身を乗り出して言う。

「それ、揚太郎が漬けたんだよ」

「へえ。揚太郎がこんなぬか漬けをねえ」

満夫の父は感心して、箸でつまんだきゅうりのぬか漬けをまじまじと見つめた。

「あんな奴もほっといたら育っていくんだな」

揚作はそう言って、満夫の父と一緒に笑い合った。

「頑張んねえとな」

揚作がかつの玉子とじを食べながら言うと、満夫の父も頷いた。

「頑張んねえと、まだな」

「八十まで現役でいくよ?」

「そうだよ。長《なげ》えぞ、先」

そんな二人を見守るように、〈準備中〉の札がかけられたとんかつ屋『しぶかつ』を、夜空に浮かぶ満月が柔らかく照らしていた。


七月十日の朝がやってきた。

とんかつ屋『しぶかつ』の厨房から、ころもは店内を掃除する揚太郎を覗《のぞ》いていた。

箒《ほうき》片手にご機嫌な様子の揚太郎は、ハミングしながらリズムよくステップを踏んでいた。

ころもの隣では、かつ代が不思議そうな顔で揚太郎を見つめていた。

「お兄ちゃんね、今夜初ＤＪなんだよ、初ＤＪ」

「あら、いつからそんなすごい人になったの？」

「すごいの？」

ころもは揚太郎に視線を戻す。不肖の兄も、ちょっとずつ成長しているようだ。

「想像できないや、お兄ちゃんのＤＪとか」

揚作は納品チェックしながら、ころもとかつ代の会話を盗み聞きしていた。

初ＤＪ？　すごい人？　あの揚太郎が……!?

ノリノリで店内清掃する息子を、揚作は妻と娘に気づかれないよう目で追っていた。


『円山旅館』のロビー。

オイリーは『円山旅館』の法被を羽織って満夫と一緒に掃除をしていた。

べつに居候《いそうろう》の身として罪悪感を覚えていたわけじゃない。ちょっと手伝ったらお菓子が貰《もら》えたのだ。それをきっかけに手伝いを続けていたら、いつの間にか『円山旅館』の一員になっていた。

「あの、すみません」

背中にかけられた声に、オイリーは慌てて振り返る。

入り口に若い女性が立っていた。自動ドアの向こうに見える道路には、到着したばかりのバンが停まっている。

やべえ、客だ。いらっしゃいませでいいのか？　それとも、おかえりなさいませ？

だがそのオシャレな女性は、どう見ても『円山旅館』の宿泊客には見えない。

「向かいのビルの者なんですが、搬入《はんにゅう》で五分くらい車停めさせてもらってもいいですか？」

くそ、難易度上がりやがった……もうこれ、オレの手に負えねえぞ!?

オイリーは満夫に助けを求めた。満夫は満面の笑みで女性に見惚《みと》れている。

……いいんだな、みっちゃん？　停めちゃっていいんだな!?

「あ、大丈夫みたいです」

女性に答え、オイリーは再び掃除に励む。責任を取らされないよう、無関係を装って。

「もしかして、オイリーさん!?」

「え……あ……」

クラバーだったか、この子。てか顔ちっちゃ!?

その女性は目をキラキラさせながらオイリーを見上げる。

「わあ、旅館も経営されているんですね！」

しどろもどろするオイリーだったが、ついに満夫が助け船を出してくる。

「これ!!」

満夫は女性に一枚のチラシを差し出していた。今夜のクラブイベントのチラシだ。こういったクラブイベントのチラシはフライヤーと呼ばれており、とんかつを揚げるフライヤーと音の響きが同じだ。

そのフライヤーに刻まれた〈TONKATSU《トンカツ》　DJ〉の名前に、顔の小さな女性は目を丸くしているようだった。

このあと、満夫に聞いてオイリーは知った。

彼女こそが揚太郎の言っていた〈苑子ちゃん〉だった。


DJデビューに備え、揚太郎は心を奮《ふる》い立たせていた。

キャベツを切る手にも気合が入り、皿洗いにも抜かりはない。

とんかつ屋『しぶかつ』での仕事が終わると、揚太郎は部屋に戻り今夜の準備を始めた。

（オレの最強の曲順……最強メガミックス……！）

選び出したレコードを一枚一枚念入りに拭いていき、レコードバッグに隙間なく詰める。

最後に鏡の前でキメ顔を浮かべてから、揚太郎は部屋を出た。

夜の渋谷。渋谷マークシティ裏のウェーブ通り。

電飾が連なる坂道を上りながら、揚太郎はラップを口ずさむ。

ヘッドフォンから流れているのはナイス&スムースの『ファンキー・フォー・ユー』。ちょっとお茶目なラップデュオが「これからイカした世界をお届けするぜ」とライムを刻む曲だ。

揚太郎の足取りは軽かった。

背中に背負ったレコードバッグの重みも感じさせないほどに。

『WOMB』のフロアには次々とお客が入っていた。

人込みをかき分け揚太郎はオイリーについていく。

今夜のイベントの主催者ミネは、常連客らしき女性と話しているようだった。

オイリーがミネに声をかける。

「ミネちゃん」

「オイリー」

振り返ったミネとオイリーは握手し、そのまま肩を叩き合う。

オイリーは揚太郎をミネへ紹介する。

「連れてきた」

ミネが揚太郎を見る。力強い彼の眼差《まなざ》しには、これまで半端ない数の人間を見てきた経験がにじみ出ていた。

「『とんかつＤＪ』！　会いたかったよ！」

「よろしくお願いします！」

揚太郎が頭を下げると、ミネが軽いノリで抱きついてきた。

ミネは力強く揚太郎の背中を叩いてから、身体《からだ》を離す。

「オイリーが若い子紹介してくれるなんて初めてだからさ、期待してるよ」

「すでに忘れられない夜になりそうです！」

揚太郎は元気に答えた。

オイリーが嬉しそうにミネと顔を見合わせ笑った。

『ＷＯＭＢ』のエントランスでは、セキュリティスタッフの門脇護《かどわきまもる》が入店客のＩＤチェックを行っていた。まだ時間が早いため、エントランス前では多くの若者がフロアに入らず駄弁《だべ》っている。これからもっと忙しくなる。なにしろ今夜のイベントは、ミネが主催したビッグイベント。門脇は自身に活を入れる。

だが、IDチェック係として組まされているもう一人は護野《まもるの》だ。いつも白けている護野は勤務態度もしれっとしている。今もエントランス前に顔を向けているだけで、IDチェックは門脇に任せっぱなしだ。どうやら、先輩としてがつんと言ってやるときが来たようだ。

「先輩、なんかざわついてますよ」

「……ざわついてる？」

門脇は顔を上げた。

そのとき、エントランス前にたむろっていた若者たちが左右に身を引いた。

そのあいた道を颯爽《さっそう》と歩いてくるのは燕尾《えんび》服姿の四人組——球児、タカシ、満夫、錠助だった。

な、なんだこの正装集団は……!?

堂々と中に入っていこうとする四人に、門脇は思わず後ずさった。

と、一人のスタッフが慌てて両手を広げ彼らの行く手を塞いだ。

いつもしれっとしている護野だ。

「おっと……」護野は必死に四人を押しとどめる。「あ、あの、ＩＤ出してください！」

四人は顔を見合わせて頷き、待っていましたとばかりのどや顔でＩＤを提示してくる。

「「「「はい!!」」」」

門脇はすぐさま手元の懐中電灯を使い、彼らのＩＤを確認する。

な、なんだこのマニアックなＩＤは!?　ど、どこ見りゃいいんだ!?

〈ここで彼らが出したＩＤを紹介しよう！〉

なんとか先輩面《づら》を保とうとする門脇に、どこからかアメリカのバラエティ番組風のナレーションが助けてくれる。もちろん、門脇にだけは見える字幕を付けて。

〈球児は第二種電気工事士免状！〉

〈錠助は医薬品販売業許可証！〉

〈満夫はボイラー実技講習修了証！〉

〈タカシは……おっと……ただの住民票の写しのようだ！〉

「……はい、どうぞ。次からは免許証とかにしてね」

フロアに入っていく四人を見送りながら、門脇は護野の顔を窺《うかが》った。護野は再びしれっとした顔でエントランス前を眺めていた。だが彼のその顔は、門脇の目にはいつもと違って少しだけりりしく映っていた。

門脇は今夜も後輩・護野の勤務態度を注意できなかった。

フロアには続々と人が集まりはじめていた。

クラブ客たちはフロアに流れている曲に心地よく身体を揺らしている。

揚太郎はＤＪブースに入った。ＤＪブースの背後には、すでに揚太郎が持ってきたレコードが用意されている。

「とんかつくん、出番」

「おいっす！」

前のＤＪとハイタッチして、揚太郎は持ち場を交代した。

(これがオレのＤＪデビュー……どうか練習通りカットインできますように)

揚太郎は首にかけていたヘッドフォンのプラグをミキサーに挿《さ》す。

(できた!!)

続けてレコード針をターンテーブルに取り付ける。

(よし、できた！　なんか意外と楽勝だ！)

揚太郎は慣れた手つきでターンテーブルにスリップマットを敷く。スリップマットとはぺらぺらのゴムでできた円形のマット、ターンテーブルに乗せるレコードの下敷きだ。

背後に用意していたレコードから一枚選び出し、揚太郎はそれをターンテーブルにセットする。

アタマ出ししたレコードのマーキングシールに針を合わせ、揚太郎は顔を上げた。

揚太郎は一呼吸置く。

すかさず、揚太郎はクロスフェーダーをスライドさせ、レコードを回した。

カットインされたのはザ・ナックのデビュー・シングル『マイ・シャローナ』。ザ・ナックのデビュー・シングルにして、最もヒットした曲だ。

アップテンポなロックに、フロア客も徐々にテンションを上げていく。

（いけるぞ、オレ……『ＷＯＭＢ』も空き宴会場もなんも変わんねえ！）

揚太郎の足が少しずつ跳ねはじめた。

フロアの片隅《かたすみ》で、オイリーはＤＪブースの揚太郎を見守っていた。

揚太郎はミキサーをいじりながら、高音、中音、低音をうまく足し引きして、フロアに流れる音を調整している。

いいぞ、アゲ。少しずつだが、グルーヴが生まれはじめてる……。

揚太郎のＤＪプレイに、オイリーの身体も自然と揺れていく。

「おお、アゲ！　やってるねえ！」

聞いたことのある声――球児の声が耳に届き、オイリーはフロアの出入り口へ顔を向けた。

そこには燕尾服姿の四人組――球児、タカシ、満夫、錠助の姿があった。

およそクラブにはふさわしくない四人の姿に、オイリーは思わず目を剝《む》いた。

初めてのクラブに興奮している四人は、フロア内で踊るクラブ客の格好を目で一巡した。

「おい、案外みんな普通の服で来てねえか？」

タカシがちょっとおびえ気味に声を抑えて言った。

球児が錠助の肩に手を回し、知ったような口で三人に力説する。

「わかってねえなお前ら、ココはパーティだぜ。全力で目立たなくてどうする？」

「「「うぇーい！」」」

タカシ、満夫、錠助の三人は一気にテンションを取り戻す。

「スタートダッシュはもらったぜ！」

フロアに駆け出た球児を先頭に、タカシ、満夫、錠助の四人が周りの目を気にせず全力で踊りはじめた。

若干引いているクラブ客たちに交じって、オイリーも彼らから顔をそむけた。声をかけられたらまずいと思った。

揚作はフロアに足を踏み入れた。ころもとかつ代の話を耳にして、息子のＤＪデビューを見に来たのだ。もちろん、娘と妻には内緒で一人こっそりと。

初めてやってくるクラブに、揚作は居心地悪そうに周りを見る。クラブ客たちは自由度が高すぎた。町内会の盆踊り大会ならどこにいればいいのかわかるが、ここではどこに立っていいのかもわからない。

とりあえず揚作は隅っこに立つことにした。そしてＤＪブースを見上げる。

ＤＪブースでプレイする揚太郎は、揚作が初めて知る息子のもう一つの顔だった。

なかなか様になっている揚太郎のＤＪ姿に、揚作は感心するように頷いた。

ＤＪブースで揚太郎はノリにノッていた。

（やべえ、アガりまくってる。ＤＪって最高かよ！）

（でも、もっといける！　もっとアガッていける！　オレはこのイベントの顔に……っ⁉）

揚太郎はふと思いつき、背後のレコードを漁った。

取り出したのは『ヒップ・ザ・ワールド２』。揚太郎が初めて掘り当てた、お気に入りの一曲だ。

揚太郎はそれをターンテーブルにセットし、カットインでねじ込んだ。

（そしてキメポーズぅ！　オレだけのキメ方で魅せてやったぜ！）

「おお！　来たぞ来たぞ！」

球児の声が聞こえた。見ると、いつの間にかフロア内で幼馴染《おさなな じ》みの四人組が踊っていた。

（お前ら……っ⁉）

球児、タカシ、満夫、錠助の四人が、こちらを嬉しそうに見上げている。

（よっしゃ！　アガッていこうぜ！　オレの〈レア・グルーヴ〉で‼）


唐突に流れはじめたサマーミュージックに、オイリーは不安を感じた。

……いや、でもフロアの流れを変えたいだけなのか？

「⁉」

オイリーはＤＪブースを見上げて唖然《あぜん》とする。

クラブ客の誰よりも、ＤＪブースにいる揚太郎が気持ちよく踊っていたのだ。

フロアの端っこにいた揚作は、よくわからないが不吉な予感を感じていた。

DJブース内で息子が踊っている。

DJというものを操作は詳しく知らなかったが、周りのクラブ客が失笑しているのを聞いて察した。これはきっとDJとは呼べないものだ。

DJブースでノリノリの揚太郎は、ついにその瞬間が訪れたのを聞いた。

すかさずインプットフェーダーをつまむ。

(これ、絶対盛り上がるよな!? いくぜ!! お前ら!!)

揚太郎はリズミカルに無音の間を作りながら、コール&レスポンスを始める。

「SAY、とんかつ!」

「「「「とんかつ!」」」」

フロアで踊っていた球児、タカシ、満夫、錠助の四人が無音の間を埋めるように応答した。

「SAY、かつかつ!」

「「「「かつかつ!」」」」

「SAY、ロース!」

「「「「ロース!」」」」

「SAY、ロース！」

「「「ロース！」」」

揚太郎は初DJでコール＆レスポンスを決め、もうなにも見えなくなった。


オイリーは壁に手をつきうなだれた。

「マジか……」

いきなり揚太郎が行ったコール＆レスポンスによって、フロアはすでに冷めていた。盛り上がったのは球児、タカシ、満夫、錠助の四人だけ。フロアのノリは『三代目道玄坂ブラザーズ』のノリに完全に置いていかれている。

ノリノリだった彼らも周りとの温度差に気づいたようだ。

「「「あれ……」」」

クラブ客たちの冷たい視線が、四人を萎縮《いしゅく》させる。

「縮こまってるし」

「あいつらヤバい」

そんな嘲笑《ちょうしょう》が囁かれはじめ、球児、タカシ、満夫、錠助はその場に黙って立ち尽くした。

オイリーはDJブースの揚太郎を見上げた。

揚太郎は自分の流す曲に恍惚《こうこつ》の表情を浮かべたままだった。幼馴染みたちの様子にも気づいていない。

「おいおいおいおいおい、フロアをちゃんと見ろって……」

オイリーの声も、揚太郎には届くはずがなかった。


ＤＪブースで、揚太郎は自身のＤＪプレイに陶酔《とうすい》していた。

（やべえ！　アガりまくってる……！　おかわり一丁、いっとくか‼）

揚太郎はミキサーのインプットフェーダーをつまみ、

「ＳＡＹ、とんかつ！」

そのつまみをゼロの位置へと思いっきり下ろした。

フロアに無言の間が訪れる。揚太郎のコールに応《こた》える者は誰一人としていなかった。

（え……っ？）

揚太郎は顔を上げ、フロアを見渡した。

フロアのクラブ客は全員冷めきっていた。球児、タカシ、満夫、錠助の四人もその空気に押しつぶされ、揚太郎と目を合わせようとはしていなかった。

焦った揚太郎はインプットフェーダーを上にスライドさせ、音量を元に戻した。

フロアの沈黙から逃げるように。

二階のVIP席。

時代の寵児《ちょうじ》〈DJ　YASHIKI《ヤシキ》〉こと屋敷《やしき》は、ソファに腰掛けじっとしていた。お酒の置かれたテーブルの向かいには、リッチな装いの男が愛人を侍《はべ》らせてフロアを眺めている。金持ちと同じテーブルにつくことは、屋敷にとって珍しくないことだった。

ただ、屋敷には気になることがあった。さっきからフロアの様子がおかしいのだ。

向かいに座るリッチな男の愛人も気づいたようだ。

「なんかあいつおかしくない?」

DJブースを見下ろしていたリッチな装いの男が、屋敷に身を乗り出してくる。

「あの子もミネくんのブッキング?」

屋敷はDJブースを見下ろした。そこには以前少しだけ話した『とんかつDJ』の姿があった。

オイリーはDJブースで呆然《ぼうぜん》としている揚太郎を見て、すかさずフロアの様子を再確認した。

「私、他のフロア行こっかな」

「ね。飲み物まだだしね」

徐々にフロアからクラブ客が去りはじめている。その向こうでは、クラブスタッフの箱《はこ》崎《ざき》がインカムを口に寄せている。

「次のDJスタンバイしといてもらって」

まずいぞ、アゲ……。もう一回、流れを取り戻せ。

オイリーは心の中でそう呟いた。

と、オイリーはフロアの出入り口にミネの姿を見つけた。

ミネは顔をしかめてオイリーを睨《にら》みつけていた。

オイリーはミネから視線を外した。そして今度は揚太郎に祈った。しっかりしてくれと。

DJブースで、揚太郎は全身の血がさぁっと引いていくのを感じた。

揚太郎は慌てて背後に用意していたレコードを漁り、次に流す曲を探しはじめた。

取り出したレコードをターンテーブルにセットし、それに針を落とす。

揚太郎はアタマ出しのマーキングシールを目印にレコードへ手を添える。

(この曲で流れを変えなくちゃ……!?)

揚太郎はすかさず曲を繋ぐ。

……。

フロアの音が止まった。クイックミックスに失敗したのだ。

焦燥感《しょうそう》に急《せ》き立てられた心臓が暴れはじめる。揚太郎の息が詰まる。

揚太郎はミキサーに視線を落とす。インプットフェーダーがゼロになっている。震える指先でそのフェーダーを上へとはじく。曲が途中から流れはじめた。

唐突に曲調が変わったせいで、フロアのクラブ客が呆れて言葉を失っていた。

彼らのそんな視線を一身に浴び、揚太郎は不安と緊張でどうしたらいいのかわからなくなっていた。

初舞台に棲む魔物が、揚太郎の心を喰《く》らいはじめる。

呼吸がどんどん速くなっていく。そのせいで空気が胸に入っていかず、息苦しさだけが増していく。

フロアの片隅でオイリーが「……今こそ、アゲ、集中集中！」と訴えているが、揚太郎の耳にはすでに届いていなかった。

揚太郎は気を取り戻そうと一呼吸置いた。そしてヘッドフォンを両耳にはめた。

背後に用意していたレコードを再び漁る。あらかじめ決めていた曲順はもう思い出せなかった。どのレコードにどの曲が刻まれているかも思い出せない。でも次の曲を繋がなくてはいけないことだけはわかっていた。手に触れた一枚を取り出し、ＤＪブースに向き直る。

ふと、揚太郎の目に、フロア内に入ってきた一人の女性が映った。

赤い帽子を被った彼女は苑子だった。

揚太郎の頭は真っ白になった。

不安、緊張、あらゆる過去の悪い記憶が、揚太郎の頭の空白を埋め尽くしていく。

フロア内の苑子が足を止め、揚太郎を見上げた。

揚太郎の凍りついた指先から、手にしていたレコードが滑り落ちた。

フロアに流れていた音が止まった。

揚太郎の手から滑り落ちたレコードが、運悪くターンテーブルのスイッチを切っていたのだ。

だが、揚太郎は立ち尽くしているままだった。両耳にはめたヘッドフォンのせいで、フロアの様子が聞こえていなかった。

フロアの隅でオイリーが「ヘッド……ヘッドフォン！」と必死のジェスチャーを送っている。でも揚太郎には伝わらなかった。

ようやく、揚太郎はフロアの異変に気がついた。

フロアでは誰一人踊っていなかった。去っていくクラブ客の姿もあった。

揚太郎はヘッドフォンを外し、曲が止まっていることに気づいた。

でも音楽のないフロアにもいくつか音が響いていた。


マジ、ないんだけど。あり得ない。もうだめだ、行こ。やってらんねー。


失笑と諦《あきら》めの言葉。罵倒《ばとう》すら混じらない声。

フロアに響いたその音は、DJブースに揚太郎が立ったことで起こった音……。

それは揚太郎が初めて経験した失敗だった。いつもなら見ないふりをしてやりすごすことができたけれど、今度は決して逃げることもできなければ、自分ではどうすることもできない失敗だった。

揚太郎自身の無力さを、フロアの音が包み隠さず物語っていた。

「そこ、どいて」

DJブースから追いやるように、揚太郎の背中へ声がかけられた。

イケメンがDJブースに入ってくる。

屋敷だ。

屋敷は揚太郎からヘッドフォンを取り上げ、自身の首にそれをかけた。続けてDJ機材にUSBメモリを挿入し、フロアの様子を確認しながら選曲する。

ケミカル・ブラザーズの『スター・ギター』。

ンパンッ、ンパンパンッ

ンパンッ、ンパンパンッ

微妙にずれたクラップ音に、フロアを出ていこうとしていたクラブ客の足が止まる。

「屋敷……？」

DJブースの屋敷に気づいたようだ。クラブ客がフロアへと集まりだした。

そこへ『スター・ギター』の高速ギター音が駆けめぐる。

フロアは一気に盛り上がる。クラブ客が手を上げて飛び跳ねる。

だが、クラブ客はまだなにかを期待している。屋敷、もっとアゲてくれと。

屋敷はミキサーのつまみを絞っていく。フロアの音が一点に凝縮していく。

フロアの期待値が最高潮に達したその瞬間――。

屋敷はつまみを開放し、すべての音を解き放った。

引き起こされたのは音のビックバン。


ピロリロリロリロリロリロリロリロ〜ッ！


フロアに無数のギタープラックが流星となって降り注ぐ。

屋敷が作り出した新しい宇宙。フロアは完全にぶちアガッた。フロアで飛び跳ねるクラブ客たちの足は、すでに地面にくっついていなかった。

揚太郎は何も言えずに立ち尽くしていた。

圧倒的な音像。音の波。音の層。モニターに爆《は》ぜる〈ＤＪ ＹＡＳＨＩＫＩ〉の文字。

レベルが違っていた。自分と隣にいるイケメンでは、決して縮まらない差があった。

そのとき、揚太郎はフロアに一人の男の姿を見つけた。

その男だけだった。盛り上がるフロアで、ＤＪブースに背を向けていたのは。

「…………!?」

それは揚作の背中だった。揚太郎の胸がぎゅっと締めつけられた。

揚太郎をその場に置き去りにして、揚作は静かにフロアを出ていった。

オイリーは盛り上がるフロアの片隅で肩を落としていた。

屋敷のＤＪプレイに、球児、タカシ、満夫、錠助の四人もフロアで呆然としている。

苑子がどこか心配そうにＤＪブースを見上げている。

オイリーはミネと目が合った。

ミネは怒りに目を充血させたまま、オイリーへ表に出ろと首を振った。

終わった。オイリーはなにもかもを諦めた。


閉店後の『ＷＯＭＢ』。

揚太郎は重たい心を引きずりながら、一人で廊下を歩いていた。

「オレがどんだけこのイベントに懸けてたか知ってんだろ！　ふざけんなよ！」

空っぽのバーカウンターからミネの怒鳴り声が聞こえてきた。

揚太郎は廊下から覗き込む。

そこにはミネに激怒されているオイリーの姿があった。

「なんでいつも肝心《かんじん》なときに、テキトーなことばっかして、人の邪魔すんだよ！」

「ごめん……ごめん……申し訳ない」

オイリーは深々と何度もミネに頭を下げていた。

だがミネの怒りは収まらなかった。

「あんな素人《しろうと》連れてきやがってよ……わざとオレのイベント潰そうとしてんのかよ！」

オイリーはなにも言わず、頭を下げ続けていた。

「ああ、オイリーさん、ヤバいね」

その声に、揚太郎は振り返る。

そこには屋敷が立っていた。ちょうど帰ろうとしていたようだ。

屋敷は揚太郎を横目で見て、静かに言う。

「キミも。独りよがりはＤＪに向いてないよ」

それ以上はなにも言わず、屋敷は去っていった。

静まり返った店内の空気すら、揚太郎を見放しているようだった。

4章

『円山旅館《まるやま》』の空き宴会場。

集まっていた球児《きゅうじ》、タカシ、満夫《みつお》、錠助《じょうすけ》の四人は、ノートＰＣで〈ＤＪ　ＹＡ《ヤ》ＳＨＩ《シ》ＫＩ《キ》〉を検索した。見つかったユーチューブの動画を再生する。

屋敷《やしき》を写した写真や映像を挟みながら、男性ナレーターの声が彼を紹介してくれた。

〈屋敷蔵人《くらうど》、二十一歳。時代の寵児《ちょうじ》。天才〉

〈今、渋谷《しぶや》のクラブシーンを盛り上げる若手ＤＪたちの中で、スキル・センス・経験ともに頭一つ抜け出し、リードしている男〉

〈その影響力は、今の若手ＤＪたちのことを総称し、『屋敷世代』と言わしめるほどである〉

四人は顔を見合わせた。

オレらとタメじゃね？

〈そんな彼に、もう一つの顔があることをあなたはご存じだろうか？〉

揚太郎《あげたろう》の部屋。

揚太郎は床にあぐらをかきながら、ノートPCで屋敷の紹介動画を再生していた。

男性ナレーターの声が平坦な口調で説明する。

〈彼は、アプリ開発会社『Yクラウド』の若き社長なのだ〉

〈クラウドビジネスで成功し、業界を席捲《せっけん》。『ビットバレーの風雲児』と呼ばれ、先日、マザーズから東証二部に上場を発表〉

〈令和時代が注目する規格外の才能・屋敷蔵人――〉

揚太郎は思わず動画を停止した。

（あいつはオレとタメで会社を立ちアゲて、フロアもアゲてた……）

（なのにオレはいまだとんかつも揚げてなきゃ、フロアも……）

打ちのめされた揚太郎は、思わずクッションに身体《からだ》を倒した。

仰向けのまま天井を見つめる。そうやってなにも考えないように努める。

でも二つの言葉が心の中に浮かんでは消えた。

〈とんかつ〉

〈DJ〉

いつの間にか揚太郎の中で分離してしまったその二つ、〈とんかつ〉と〈DJ〉。陽《ひ》が暮れていき、部屋の中が真っ暗になると同時に、揚太郎の中で片方が消えた。

揚太郎は自分の部屋に散らばっていたレコードを片付けた。

代わりに、部屋にはジャンプコミックスの『NARUTO《ナルト》』が散らばっていった。

火影《ほかげ》家系に生まれつき、忍道《にんどう》を突き進んでいくナルトの姿に、揚太郎はすっかり魅了された。ナルトは揚太郎に足りないモノを持っていたのだ。

でもそれは〈チャクラ〉ではなかった。〈血継限界《けつけいげんかい》〉や〈尾獣《びじゅう》〉でもない。

（オレに足りないモノ……）

揚太郎は答えを探してページをめくっていったが、忍者アカデミーへの入学条件〈不撓《ふとう》不屈《ふくつ》の精神を有すること〉には目が止まらなかった。

勝又《かつまた》かつ代《よ》は掃除機を片手に揚太郎の部屋へと入った。

揚太郎の姿はなかった。きっとまた『円山旅館』の空き宴会場で時間を潰しているのだろう。

かつ代の目には部屋に散らばる『NARUTO』が映った。不肖の息子が落ち込んだときに『NARUTO』を開くことは、母・かつ代も知っていた。

とても辛い目にあったのね……。

かつ代は『NARUTO』を本棚にしまってあげた。


閉店後のとんかつ屋『しぶかつ』。

揚作《あげさく》は厨房《ちゅうぼう》でパン粉の感触を確かめていた。

とんかつにとってパン粉は欠かせない材料だ。とんかつの衣はパン粉でできているのだから。そして重要なのが、パン粉と豚肉《ぶた》をくっつける〈つなぎ〉である。溶いた卵などでつくる〈つなぎ〉がいまいちだと、揚げている最中に豚肉から衣が剝がれてしまう。

このパン粉にはどんな〈つなぎ〉が最適だろうか。パン粉の感触を確かめることで、揚作は明日の〈つなぎ〉をイメージしているのだ。

店内の片付けをしていた揚太郎が店を出ていった。

のれんを手に戻ってきた揚太郎は、それをカウンターに片付けた。

「………」

いつもならそのまま部屋に戻る揚太郎だったが、今夜はカウンターに置いたのれんをしばらく見つめていた。

揚作は知っていた。揚太郎がDJデビューの日に、とても辛い目にあったことを。

不肖の息子・揚太郎はすっかり打ちのめされているようだ。

だが、揚作には何もできない。

揚太郎の前に立ちふさがるその壁は、揚太郎自身が乗り越えていかなくてはならないものなのだ。

ただ、助言はできる。

〈つなぎ〉を作らせてやることも……。


陽が暮れたあとの『円山旅館』の上階。薄暗い廊下。

揚太郎は非常口の窓を開けると、窓枠に腰を下ろした。

孤独な気持ちを抱えたまま、揚太郎は夜空を見上げる。

夜空にはいくつもの星が浮かんでいる。

揚太郎は自身に問いかける。

屋敷みたいに、あの星たちを地上へ降らせることができるだろうか。

（……できねえ。だってオレはもう、ちょっとしょっぱいキャベツ太郎だから）

揚太郎は向かい側のビルへ顔を移す。

今夜の衣裳《いしょう》部屋では小さな立食パーティが開かれていた。仕事が一段落ついたのか、みんなで打ち上げをしているようだ。ワインが入ったグラスを片手に、キラキラした人たちが集まっている。その中には、華やかで楽しそうな苑子《そのこ》の姿があった。

「…………」

みずから見つけたスタイリスト道をひたむきに進んでいく苑子の姿は、ナルトに通ずるものがあった。苑子もまた、揚太郎には足りないモノを持っていた。苑子の眩《まぶ》しい姿を見ていると、揚太郎は自分自身がひどくつまらない人間のように思えていった。

揚太郎はため息をつき、再び星空を見上げる。

あの星たちが輝くキラキラした天国に、自分は行けるのだろうか。

（……行けねえ。だってオレはもう、ちょっとしょっぱい――）

「あ!!」

その声に、揚太郎は向かい側のビルへ顔を戻す。

いつの間にかベランダに出ていた苑子が、手すりに身を乗り出しこちらを見ていた。

「!?」

揚太郎はすかさず廊下に退散し、非常口の窓を閉めた。

廊下に身を沈めながら、揚太郎は閉ざされた非常口の窓を見上げる。

（い、今確かに目が合った!!　苑子ちゃんと!!）

（で、でもどうして？　どうして苑子ちゃんがオレを見てんだ？　だってオレはもう……）

（……やっぱり、気のせいってことか？）

揚太郎は立ち上がり、ゆっくりと非常口の窓を開けた。その隙間《すきま》から、揚太郎は向かい側のビルを覗《のぞ》き込む。

「なんで逃げるの？」

苑子は笑いながら揚太郎を見ていた。


空き宴会場には微妙な緊張感が漂っていた。

ソファに腰掛ける満夫とタカシは、肩を縮めてソワソワしていた。

二人の目の前には、オードブルが盛られたプレートが置かれていた。そこにはキラキラ女子に欠かせない生ハムとチーズ。オレたち正しかったなと、満夫とタカシは黙って顔を見合わせた。

揚太郎も緊張した面持ちで立っていた。

揚太郎の目は、初めてここへ連れてきた女性の動向を追っていた。

苑子がＤＪブースの背後にある棚を珍しそうに見て回っていた。彼女はワインが入ったグラスを手に持っていた。

「ちょうどよかったよ。すごい余っちゃって。食べてね」

「はい！」

満夫が勢いよくチーズとワインを頬《ほお》張りはじめた。

「……満夫？」

タカシが満夫を落ち着かせる。でもそれは難しいみたいだった。

苑子が揚太郎へ振り返った。

「ねえ、なんかかけていい？」

「……うん」

苑子は嬉《うれ》しそうに笑ってワイングラスを棚に置いた。レコードを何枚か取り出し、苑子はそれをＤＪブースの上に置く。

「私、レコード初めてかけるんだ」

ジャケットを見ながら、苑子は一枚選びだした。ジャケットからレコードを抜き取り、傷つけないよう指先で支える。その手つきはぎこちなく、どこか危なっかしかった。

苑子が助けを求めるように揚太郎を見つめる。

揚太郎はＤＪブースに歩み寄った。しばらく使っていなかったＤＪ機材は少し埃《ほこり》を被っている。ターンテーブルも、あのイベントの日から止まったままだった。

苑子がターンテーブルにレコードをセットする。

揚太郎はターンテーブルのスイッチを指さした。

苑子がスイッチを押すと、ターンテーブルの上でレコードが回りはじめる。

でもまだ音は出ない。

揚太郎はレコード針を指さした。

苑子がレコード針を指先で持ち上げ、回っているレコードにそっと載せる。

しばらくしてから、スピーカーから曲が流れだした。

ベリンダ・カーライルの『ヘヴン・イズ・ア・プレイス・オン・アース』。アメリカの歌姫による、天国はみんなの手で作れるものだと歌った愛の賛歌。

幾重にも重なった女性の歌声に乗って、シンセサイザーのキラキラした音色が空き宴会場に溢《あふ》れだした。

天井に吊るされた大きなミラーボールが、そのメロディーを部屋の隅々《すみずみ》にまで反射した。

まるでその曲がいくつもの星々を生み出していくかのように――。

空き宴会場のお手製フロアには、数えきれないほどの電飾が灯《あか》りをともして散らばっていた。

輝く無数の光に包まれて、揚太郎と苑子は回り続けるレコードを見守っていた。

「どう？」

揚太郎が訊《き》くと、

「いいね」

苑子が答えた。

苑子はターンテーブルに顔を近づけ、不思議そうに呟《つぶや》く。

「本当にずっと回ってるんだね」

揚太郎は思わず満夫とタカシを振り返った。

満夫が嬉しそうに口を閉ざしている。

タカシは宙に人差し指を上げ、揚太郎と苑子を収めるようにハートの形を描いた。

この瞬間を、揚太郎はずっと待っていた。ここが自分の天国だと、揚太郎はずっと思い描いていた。

それなのに……。

揚太郎は、素直に喜べない自分がいることをしっかりと感じていた。

「揚太郎くん、次いつ出るの？」

「え？」

揚太郎が顔を向けると、苑子が期待するように見上げていた。

「ＤＪ」

「ああ……」

揚太郎は言いにくそうに苑子から目を反《そ》らした。

揚太郎の後ろでは、満夫とタカシがうつむきながら顔を見合わせた。

揚太郎は頑張って言葉を紡《つむ》いだ。

「オレ、ＤＪやめたんだ」

「……そうなの？」

「向いてなかったんだ。イベント見てたでしょ？」

苑子は視線を落とし、迷ったようにしてから頷《うなず》いた。

「でも、あの日が初めてだったんだよね？」

揚太郎は唇を軽く噛《か》んで、首を小さく縦に振る。

苑子は寄り添うように言う。

「最初からあんな大きいイベント出れるなんてすごいよ」

「でも……推薦してくれたオイリーさんに迷惑をかけた……」

「期待してくれてたんでしょ」

苑子が胸を張って揚太郎と向き合う。

「ねえ、揚太郎くん。はじめは誰でも失敗するよ」

「……………」

「私なんていまだに失敗続き……アイロンかけ忘れて、リースの返却先間違って、毎日怒られっぱなし」

苑子は共感を誘うように笑ってから、揚太郎に言う。

「でも、なんとかやってる」

自分の知らなかった苑子のもう一つの顔を見て、揚太郎は自分の服の裾《すそ》を握りしめた。

自分の弱さを思い知り、揚太郎はしばらく言葉が出なかった。あのイベントでの失敗と向き合う勇気が、揚太郎にはまだ足りなかった。

苑子はＤＪブースに置いたレコードを何枚か手に取った。ジャケットを見ながら次にかける曲を選んでいた苑子は、思い出したように顔を上げた。

「ねえ、ここってオイリーさんの部屋なんでしょ？　オイリーさん、元気？」

「え、あ……」

揚太郎が答えに迷っていると、代わりに満夫が苑子へ言った。

「ずっと帰ってきてないです」

揚太郎は満夫に続いて言う。

「あのイベントの日から……連絡もつかなくて……」

「そうなんだ……」

苑子は虚空《こくう》を見つめて、肩をすくめる。

「最近クラブでも全然見かけない。どうしたんだろう」

揚太郎は満夫と顔を見合わせた。


レコード屋『Digger's《ディイガーズ》』。

「そりゃ、オイリーはもうみんな呼びづらいよ。あんなに派手にミネと揉《も》めたんだから」

店主・溝黒《みぞくろ》はカウンターでレコードを整理しながら言った。

揚太郎は満夫と一緒に、オイリーが今どうしているのか溝黒に訊きに来ていた。

苑子の言う通り、オイリーはあのイベントの日からDJをしていないようだ。

揚太郎はミネに怒鳴られていたオイリーの姿を思い出していた。ミネに必死に頭を下げていたオイリーの姿は、今も脳裏に焼きついていた。

でも満夫はあのときのオイリーを見ていなかったようだ。

「なんで?」

「このバカがしくじったからに決まってるだろ!」

溝黒は揚太郎を指さして、怒りに声をあらげた。

「お前なあ、イベント台無しにしたんだぞ、わかってんのか!」

責められる揚太郎に、満夫は萎縮《いしゅく》して視線を落とした。

溝黒は再びレコードの整理を始め、独り言のように言う。

「オイリーもオイリーだよ、無理やり新人ブッキングしやがって……」

溝黒は手を止め、揚太郎にチラリと目をやる。

「一体、こんなボンクラの何に惚《ほ》れ込んだんだ」

揚太郎は振り絞るように溝黒へ声をかける。

「あの……」

顔を上げた溝黒に、揚太郎は一呼吸置いてから訊いた。

「オイリーさん、今どこにいるか知ってますか?」

「あ?」

「オレ、オイリーさんに会って謝らなきゃ」

「………」

溝黒は揚太郎の表情に眉をひそめた。


翌日。

揚太郎は満夫と二人で、溝黒に教えてもらった場所へ向かった。

そこはタクシーの洗車場だった。揚太郎と満夫はフェンス越しに中を覗いた。

似合わない制服姿で、オイリーはタクシーを洗車していた。バケツとスポンジを手に、車体を磨いている。でも仕事はそれだけではないようだ。

オイリーはジュースを飲んでいる運転手の愚痴《ぐち》を聞きながら、愛想《あいそ》笑いを浮かべていた。時々、なにかミスをしたのか運転手に軽く小突かれていた。そんなときもオイリーは、頭を下げてやり過ごしていた。

運転手にあたふたと合わせるオイリーは、もう『ＤＪオイリー』ではなかった。

そこにいたのは四十三歳の中年男――〈尾入伊《おいりい》織《おり》〉だった。

揚太郎はフェンスを握りしめたまま、尾入伊織を見つめていた。謝ろうと思っていたのに足は動かなかった。

雨が降ってきた。

次第に雨粒が大きくなっていく。

「…………」

揚太郎のフェンスを握りしめる手にも、力が入っていった。

夜になっても、雨はやまなかった。

閉店後のとんかつ屋『しぶかつ』。

全身を雨に濡らしたまま、揚太郎は背中を丸めて店内へと入っていった。水を吸って重くなった靴が、歩くたびにぐじゅぐじゅと音を立てた。

暗くなった店内を放心したように進み、揚太郎は出入り口近くの席に座った。テーブルの上に置いた手は感覚を失っている。

揚太郎は凍ったように固まったままの指先をしばらく見つめていた。

（オレのせいで……）

自分がしてしまったことを揚太郎は痛感した。あの日のイベントでの失態が、オイリーから『ＤＪオイリー』の顔を奪っていた。

ただ、自分の指先を動かすことすら、揚太郎にはできなかった。

二階から下りてくる誰かの足音が聞こえた。

顔を上げた揚太郎は、父・揚作と目が合った。

揚太郎は顔を伏せた。

揚作は厨房に入っていき、冷蔵庫を開ける。

「お前が仕込んだ〈つなぎ〉、いい〈つなぎ〉だったぞ」

「え？」

揚太郎は厨房に顔を向けた。

そこには、冷蔵庫から取り出したボウルを手にする揚作の姿があった。

「今からとんかつを揚げる。見るか？」

揚作の持つボウルの中には、揚太郎の作った〈つなぎ〉が入っていた。


厨房で揚作はとんかつを作りはじめる。

揚太郎は揚作の後ろから、とんかつ屋『しぶかつ』二代目の手つきを見ていた。

揚作は豚肉を手に取った。筋切り、肉叩きで仕込みを終えた豚肉だ。塩コショウをまぶした豚肉に、揚作は小麦粉をつける。続けて溶き卵などが入った揚太郎の〈つなぎ〉に豚肉をくぐらせる。パン粉をまとわせて、揚作は豚肉を両手で包み込む。

揚作は揚げ場のフライヤーと向き合った。

フライヤーの中には、高温に熱された琥珀《こはく》色の油が待っている。

揚太郎は揚作の背中へ視線を移した。一代目から継がれた『しぶかつ』の看板を背負うその背中は、揚太郎にはまだ大きく見えた。

揚作は両手で包んでいた豚肉を、フライヤーの中へと優しく入れた。

ジュワアアアァァァァ

一七〇℃～一七五℃に熱された琥珀色の油で、豚肉が揚げられていく。

心地よい油裂音《ゆれつおん》が立ちはじめる。高温の油が小さくはじけ飛んでいく。

揚作はその様子を見つめながら、呟くように言う。

「オレが初めて揚げ場に立ったとき、見ているだけじゃわからなかった油の熱さを肌に感じて、手を近づけるのがすごい怖かったんだ」

「………」

揚太郎は揚作の手へ視線を下ろした。

揚作の年季の入った分厚い手のひらは、固まったように動かなかった。

「今でもそのときの恐怖を覚えている」

揚作は両手をはたいた。手のひらからなにかを払い落とすように。

揚作は自分の手のひらをしばらく見下ろしてから言う。

「なあ、揚太郎。あの音楽をかける台の上で、音楽が止まったとき、お前、何を感じた？」

「………っ」

揚作は僅《わず》かに首を回して、後ろに立つ揚太郎へ言う。

「あのとき、感じたこと……忘れるなよ」

それは揚太郎が初めて見る、揚作のもう一つの顔だった。

「親父……」

揚作は菜箸《さいばし》を手にした。

高温の油へ手を突っ込むようにして、揚作は菜箸をフライヤーの中へと挿《さ》し込む。

揚作は菜箸で揚げあがったとんかつをすくい取る。

そんな揚作の姿に、揚太郎の目には昼間の『しぶかつ』の様子が浮かんだ。


ピーク時を迎えている営業中の店内。

楽しそうにお皿を洗っているかつ代。

元気にオーダーを取っているころも。

笑顔で最高のとんかつを揚げる揚作。

幸せな表情で、箸を運ぶ常連客たち。

いろんな音でにぎわう店内には、みんなのキラキラした笑顔が満ちていた。

そんな『しぶかつ』を祝福するように、窓から白い陽光が差し込んでいた。


揚太郎の目の前で、揚作が油を切ったとんかつをまな板に置いた。

「あのさ……」

揚太郎は揚作の背中に声をかけた。菜箸を片付け包丁を手に取る揚作に、揚太郎は訊く。

「自分の揚げたとんかつを、お客さんが気に入らなかったとき……親父はどうしてるの？」

「それでも揚げる」

まだ高熱をまとったままのとんかつに、揚作は左手の指先を当てる。

揚作は右手で握った包丁でとんかつを切り分けていく。

サクッ、サクッ、サクッ

揚作は切り分けたとんかつの下に、包丁の刃を滑り込ませる。

「次があったら、そのときに最高のかつを出す」

こぼれた肉汁と一緒にとんかつを包丁ですくいあげて、揚作は目の前の丸い皿にそれを盛り付けた。

「食うか？」

「……うん」

「よし、後片付け頼んだぞ」

一仕事を終えた揚作は、調理帽を頭から外して厨房を出ていった。そこで揚作は一つ息を吐いてから、二階へと階段を上っていった。

揚太郎はとんかつを一切れ素手のままつまみあげた。揚げたてのとんかつの熱が、固まっていた揚太郎の指先にしみこんでいった。

揚太郎はとんかつを一口かじる。

サクッとした食感に、ジューシーな肉汁が口の中に広がった。

揚太郎はフライヤーと向かい合った。

その揚げ場から、揚太郎は顔を上げて閉店後の店内を見回した。

静まり返った店内には音の空白があった。

「…………」

揚太郎は考える。

もし自分がこの揚げ場に立ったとき、お客さんたちを最高に幸せな表情にしてあげることができるだろうか。『しぶかつ』のとんかつを揚げる日が来たとき、この店内にはどんな音が生まれるだろうか。

いつもこの揚げ場に立っている揚作みたいに、多幸感溢れるグルーヴをこのフロアに作り出すことができるだろうか。

「…………」

（…………ん？　グルーヴ？　フロア？）

（それって、同じじゃないか……？　やっぱり……とんかつとD——）

「揚太郎!!」

出入り口の扉が勢いよく開かれたのはそのときだった。

最初に飛び込んできたのは満夫だった。揚太郎の名前を呼んだ彼は、『円山旅館』の法被《はっぴ》を雨でぐしょ濡れにしたまま、大事そうになにかを抱えて駆けつけてきた。

続けて、球児、タカシ、錠助が揚げ場に身を乗り出すようにカウンターへ飛びついた。みんな息を切らしていて、濡れた服から水が滴《したた》っていた。

そんな幼馴染《おさななじ》みたちの様子に、揚太郎は目を丸くする。

「お、お前ら」

「これに出よう！」

満夫が一枚のポスターを突き付けてきた。

そこには大きく〈ニュー・マンスリー・DJ・オーディション〉と書かれていた。

球児が嬉しそうに声を大きくして言う。

「『WOMB《ウーム》』のマンスリーDJの新人オーディション！」

「イベントだよ、イベント！」

タカシがメガネの雨粒を拭こうともせずに付け足した。

揚太郎はポスターを見た。丸められた跡はついていたが、ポスターだけはあまり濡れていなかった。

「これ、どこで？」

満夫が答える。

「オレたち、何とか揚太郎にDJさせてほしいって、さっき『WOMB』に頼み込みに行ったんだ」

揚太郎の頭には『WOMB』のエントランスが浮かんでいた。

夜の『WOMB』のエントランス。

クラブスタッフ・箱崎《はこざき》に向かって、雨の中、きっと四人は土下座して必死に頼み込んでいたはずだ。一人傘をさしている箱崎は、困ったように対応していたに違いない。

ポスターを持っているのは満夫だから、おそらく彼がエントランス前に貼られていたそれに気づいたのだろう。

揚太郎は満夫が見せつけるポスターへ視線を戻した。

開催日は八月一日。エントランス料は無料。場所は『WOMB』のメインフロア。審査項目は四つ。〈曲数〉。〈スキル〉。〈パフォーマンス・バイブス〉。〈オーディエンスをアゲられたか?〉。

なによりも揚太郎の目にとまったのは、審査員欄に並んだ写真の中の一人〈DJ YASHIKI〉だった。

「審査員に屋敷……」

球児が背中を押すように言う。

「優勝すれば、毎月『WOMB』に出れるんだよ!」

満夫が興奮のあまりポスターをぎゅっと握りしめる。

「オイリーさんもきっと戻ってこられる」

球児が訴えるように揚太郎を見つめる。

「フロアはお前にとっての天国なんだろ?」

（オレにとっての天国……）

タカシはメガネを曇《くも》らせながら、心強い笑顔を揚太郎へ向けていた。

錠助も黒い長髪を雨で顔に張り付けたまま、じっと揚太郎から視線を外そうとしない。

幼馴染み四人の気持ちが、揚太郎の中で消えてしまっていた一つの言葉に灯りをともす。

その灯りが、揚太郎の心に居座るどんよりとした黒い雲を晴らしていった。

揚太郎は大きく息を吸い込み、

「よーし！」

つまんでいた一切れのとんかつを思いっきりかじった。

サクッとジューシー。『ジューシー・アンド・クリスピー』。

（同じだ!!）

今再び、揚太郎の中で〈とんかつ〉と〈DJ〉が繋《つな》がった。


八月一日の朝がやってくる。

からっと晴れ渡る青空に、渋谷の新しい一日が始まった。


タクシーの洗車場。

四十三歳の中年男・尾入伊織は、バケツとスポンジを手に駐車場へと出ていった。

制服のファスナーを上げながら、尾入伊織は重たいため息を吐く。タクシーの車体を大洗いする洗車道は、尾入伊織にとっては退屈な道だった。

でも今さら新しい道なんて他に見つけられない。もう四十三歳なのだ。

どうしてオレは〈ＤＪ〉なんてものにうつつを抜かしていたんだ？　あんなものに出会わなければ、もっと普通の道を歩めていたはずなのに……。

ふと、尾入伊織は足を止める。

すぐ近くに停まっていたタクシーのワイパーに、一枚のチラシが挟まっていた。カラフルなマジックペンで作られたお手製のそれは、クラブイベントのフライヤーだ。

尾入伊織はそのフライヤーを手に取り、そこに書かれた汚い文字に視線を落とした。

〈とんかつＤＪ〉〈ｗｉｔｈ《ウィズ》三代目道玄坂《どうげんざか》ブラザーズ〉

〈今日！〉〈十五時～〉〈『ＷＯＭＢ』〉

〈オイリーさん、見に来てください！〉〈アゲ〉

「…………」

…………くそ。

とんかつ屋『しぶかつ』の店前には〈準備中〉の札がかけられていた。

その札の隣に貼られた紙には、年季の入った綺麗《きれい》な文字が並んでいた。

〈誠に勝手ながら本日臨時休業とさせていただきます。しぶかつ店主〉


『円山町』の入り組んだ道にある掲示板。

〈渋谷区民おしらせ〉のボードには、渋谷区民へのおしらせを覆《おお》い隠すようにお手製のフライヤーが何枚も貼られていた。

フライヤーには大きく〈とんかつＤＪ〉と書かれていた。


まだ昼を少し回ったばかりの時間にもかかわらず、『ＷＯＭＢ』のエントランス前にはすでにクラブ客がたむろっていた。

今日開催される〈ニュー・マンスリー・ＤＪ・オーディション〉はデイイベント。夜の顔ばかりが目立つ『ＷＯＭＢ』だが、実は昼間にもこうしてイベントを開いていたりする。

開場時間となり続々とクラブ客が入場していく。

一人でやってきた苑子は、ポスターパネルの前で立ち止まった。そのポスターの出場者欄には〈とんかつＤＪ〉の名前も交じっていた。

苑子はほほ笑みを浮かべてから『WOMB』の中へと入っていった。


高架下。

揚太郎、球児、タカシ、満夫、錠助の五人は横に並んで歩いていた。

五人はそれぞれの荷物を詰め込んだバッグやリュックを持っていた。

だが揚太郎たちにとってなによりも重たかったものは、おのおのが首から提げている目には見えない十字架だった。これから彼らは自分たちが思い描く天国へと向かうのだ。

そんな五人の頭の中で流れている曲は、ジャスティスのデビューアルバム『†《クロス》』に刻まれた『D.A.N.C.E.』だった。

ぶつ切りされたベースの音に足を運びながら、揚太郎は一心に前を向いていた。これからどうすればいいのか、揚太郎にはわかっていた。そのための一枚のレコードが、揚太郎のリュックには入っていた。


『WOMB』のフロアではオーディションが始まっていた。

DJブースに立つ参加DJの音楽がフロアに流れ、クラブ客はゆっくりと踊っていた。

フロアの端っこを定位置とした揚作は、水の入ったペットボトルを胸の前で握りしめていた。クラブに入ったのはこれで二度目だが、自由度が高すぎるフロアの空気にはまだ馴染めていなかった。

でも怖気《おじけ》づくわけにはいかない。これから息子・揚太郎のリベンジとなるDJプレイが待っているのだ。そのために今日は店を閉め、家族三人でこのフロアへと足を運んでいた。

そんな揚作の隣で、ころもは初めてのクラブ体験に目を丸くしていた。デイイベントなら未成年も参加できるということで、揚作とかつ代についてきたのだ。

かつ代もフロアの天井に吊るされたミラーボールを見上げながら、揚作ところもの横に並んで揚太郎の出番を待っていた。

苑子はフロアの後ろのほうで身体を揺らしていた。

「揚太郎くん、何番目？」

いつの間にか隣にシマ子《こ》が立っていた。今日の待ち合わせ場所はこのフロアだった。

「七番目。『DJヨコハマー』のあとだって」

「オッケー」

シマ子はポシェットの肩ひもを肩にかけ直した。

そういえばシマ子の本名って〈細川志麻子《ほそかわしまこ》〉だったっけ……。

苑子は一瞬だけそんなことを思い出したが、ワクワクした眼差《まなざ》しをＤＪブースに戻した。

そんな苑子から少し離れた出入り口では、尾入伊織が久しぶりにフロアへと足を踏み入れていた。

「オイリー」

フロアからかけられた声を尾入伊織は目で辿《たど》った。レコード屋『Ｄｉｇｇｅｒ's』の店主・溝黒と目が合った。

サファリハットを被った四十三歳の中年男――オイリーは少し恥ずかしそうに顎《あご》ひげをさすりながら、溝黒のもとへと歩いていった。


二階の審査員席には、ＤＪブースを見下ろす数名の審査員が座っていた。

その中には足を組んだまま微動だにしない屋敷の姿もあった。


『ＷＯＭＢ』のセカンドフロアは出場者たちの合同控え室として使われていた。

そこに集まる出場者たちはいろんな顔を持っていた。ダンスの振り付けを練習している女子学生グループ。ノートＰＣで作曲用ソフトを確認している証券マンコンビ。お互いの衣裳を褒《ほ》め合いイチャつく新婚カップル。異星人のコスプレをした化粧中の双子姉妹。

（オレも負けてられねえ!!）

揚太郎はとんかつ屋『しぶかつ』の調理服姿のまま、男子トイレ前に置かれた鏡で自分の顔を確認していた。手にしているのは『しぶかつ』ロゴが入ったスリップマット。これからフロアのクラブ客をいかに盛り上げるのか、みんながなにを自分に求めているのか、その最終チェックだ。

「おい、アゲ！　アゲ！」

「はーい！」

聞こえてきた球児の声に、揚太郎は顔を出した。

球児が錠助と一緒に爆笑していた。二人はパーテーションで区切られた簡易更衣室を指さしている。

「アゲ！　アゲ、見てみろよ！」

「なに？」

球児のもとへ駆け寄ると、更衣室から満夫と一緒に出てきたタカシが笑いながら怒っていた。

「バカにすんなよ！」

タカシはロボットコスチュームをしていた。映画『ロボコップ』を参考にしているのだろうか。……いや、違う。『ロボコップ』のサンプリング源である『宇宙刑事ギャバン』をディグりあてている。

揚太郎はタカシの格好に笑みをこぼした。だが球児、錠助、満夫も他人を笑えるような格好をしていない。みんな今日は特別な衣装をそれぞれ用意していた。

球児はMCハマーみたいな金ピカ衣裳を着ていた。

錠助の格好は映画『サタデー・ナイト・フィーバー』から着想を得たようだ。

『円山旅館』色のオレンジジャージにサングラスをかけている満夫は、ラン・ディーエムシーなどのオールドスクールなブレイクダンサーに憧れているようだ。

揚太郎だけでなく、球児、タカシ、満夫、錠助の四人も、今日はいつもとは違う顔をフロアのクラブ客に見せつけるのだ。

「揚太郎くん」

笑い合っていた揚太郎たちは、その声に顔を上げた。

廊下に立っていたクラブスタッフ・箱崎が、笑顔で廊下の向こうを指さした。

「スタンバイ」

「あ、はい！」

そう返事をしてから、揚太郎は球児、タカシ、満夫、錠助の四人と目を合わせた。

それぞれ緊張していたが、それを乗り越える心の準備は皆すでに終えていた。

「よし、行こう！」

揚太郎たちは力強く頷き合った。


『WOMB』のエントランスでは、セキュリティスタッフの門脇《かどわき》が辺りを確認していた。すでにクラブ客のほとんどが入場を終えていて、たむろっている若者たちの姿もまばらだった。だが油断はできない。今日も一緒に組まされているのはしれっとした後輩・護野《まもるの》なのだ。白けた勤務態度で、護野は今もあらぬ方向を向いている。

やっぱり先輩としてがつんと言うべきだろうか。門脇は葛藤《かっとう》を抱えていた。

「先輩、あれなんすか？」

ふと、護野が呟くように訊いてきた。

門脇は顔を上げ、思わず目を見開いた。

そこには、一糸乱れぬ足音を立て、こちらへと行軍してくる老若男女《ろうにゃくなんによ》の軍団があった。還暦を迎えたおっさん。メガネをかけた男子学生。スーツ姿のサラリーマン。タンクトップを着たおにーさん。野球ユニフォームの少年。ホスト。薄化粧の主婦。渋谷のOL。手にしたチラシを見つめたまま、一向に歩みを止めない彼らの胸元には、琥珀色に光る

〈とんかつを食べ歩いて愛する会〉のエンブレムが貼り付けられていた。

迫りくる彼らのオーラに、護野は完全に戦意を失っていた。

オレにあれが止められるのか……？

門脇は自身にそう問いかけてみた。

……大丈夫だ。今日はデイイベント。IDチェックはいつもよりぬるい。


『WOMB』のフロア。

端っこできょろきょろしていた揚作は、なにやら騒がしくなってきた出入り口付近に顔を向け、思わず息をのんだ。とんかつ会の人たちが迷い込んできたのだ。

苑子も、急にフロアへ入ってきたとんかつ会の集団に目を丸くしていた。

とんかつ、とんかつ、と貧相なボキャブラリーで口々に呟くその集団は、見覚えのあるチラシを手にしていた。

苑子はハッと気づき、折りたたんでいたチラシを広げた。〈とんかつＤＪ〉と大きく書かれたそのチラシは、揚太郎たちが作ったお手製のフライヤーだった。

「これすごい渋谷中にばら撒かれてたよ」

シマ子がそのフライヤーを指さして言った。

オイリーもとんかつ会の乱入に口をぽかんと開けていた。

隣に立っている溝黒も困惑しているようだ。

「変なのが迷い込んできたぞ……」

ステージにMCが上がってくる。

「ヘイヘイヘイ！　ヘイヘイヘイ！　盛り上がってますか⁉」

MCはフロアへマイクを向けた。

だが答えは返ってこない。とんかつ会が引き起こした混乱に、フロアのクラブ客は誰一人としてMCを見ていなかった。

「……盛り上がってますか⁉」

MCは頑張ってもう一度応答を求めるが、その声はフロアには届いていなかった。MCは諦《あきら》めたように次の出場者を紹介する。

「拍手で迎えてくれ！　とんかつDJ！」

「「「とんかつ⁉」」」

フロアに集まるとんかつ会の集団が、一斉にDJブースへと顔を向けた。

苑子はシマ子の二の腕を摑《つか》み、人込みをかき分けフロアの中へと入っていった。

フロアの端っこにいた揚作は、一抹《いちまつ》の不安を覚えていた。とんかつ会の引き起こした混乱に加え、『とんかつＤＪ』の名が呼ばれたとき、フロアに不穏などよめきが起こったのだ。

揚太郎はゆっくりと階段を上がっていき、ステージに出た。

続けて球児、タカシ、満夫、錠助の四人がＤＪブースの前へと出ていった。

フロアには一切の拍手がなかった。まるで揚太郎たちを歓迎していないように。

揚太郎はＤＪブースに入った。そこから見える風景が、頭の中の最悪な記憶と重なった。

押し寄せてくる不安と緊張に、揚太郎の指先が凍りはじめた。必死に自分を保ちながら、

揚太郎はヘッドフォンのプラグをＤＪ機材に挿し込んだ。

「おい、またあのとんかつの奴じゃねえか？」

フロアから上がった声が、揚太郎にはよく聞こえた。

「帰れー！」

「ほら、帰れよー！」

「空気読めよー！」

この前のイベントでの失敗を見ていたクラブ客たちが、フロアには交じっていた。

揚太郎は自分の鼓動が速まるのを感じた。乱れていく呼吸を落ち着かせるために、揚太

郎はうつむきながら小声で自分に言い聞かせる。

「どんなときもＤＪとしての気持ちを大切に……ＹＥＳ《イエス》……」

揚作はＤＪブースの揚太郎を一心に見守っていた。

そこに立っていた揚太郎の表情が変わっていくことに、揚作は気づいた。

そんな揚作から離れた場所で、苑子は隣にいたクラブ客のヤジを聞いていた。

いつまでも終わらないヤジにうんざりして、苑子は隣にいたクラブ客の足を思いっきり踏みつける。

「いて！」

ヤジを飛ばしていたクラブ客は足を抱えて犯人を探しはじめた。

苑子は気づかないふりをしながら、ＤＪブースの揚太郎を見上げた。

揚太郎は視線を上げ、フロアをもう一度見直した。

フロアの中にサファリハットを被る中年男の姿を揚太郎は見つけた。

オイリーは何も言わずに、少し笑いながら揚太郎をしっかりと見据えている。

揚太郎はステージ上の幼馴染みたちに視線を移した。四人は揚太郎に向かって、親指を勢いよく突き立てていた。揚太郎もサムズアップして彼らに応えた。

揚太郎はヘッドフォンを頭にはめる。ヘッドフォンの片方は耳の後ろにセットし、フロアの音が聞こえるようにする。

指先でターンテーブルのレコードの滑りを確認。レコード針はすでにセット完了。揚太郎は小気味よく二つのターンテーブルのスイッチを入れ、レコードを回しはじめる。

再生されたジングル——あらかじめ用意していた、揚太郎自身のキャッチコピー音声だ。

〈とんかつディージェー！　ア・ゲ・タ・ロ・ウ！〉

同時に、ＤＪブースの背後の大きなモニターに〈とんかつＤＪアゲ太郎〉の文字が光った。

フロアにいたとんかつ会の集団が、おぉ～と目を輝かせた。

続けて揚太郎はもう一つのジングルを再生する。電子音の高揚感を煽《あお》る音楽に乗って、エフェクトのかかったロボットボイスがフロアに宣誓する。

〈トーン・カッツ・グルーヴ。ディス・イズ・マイ・スタイル〉

揚太郎は静まり返ったフロアを見つめ、小さく呟く。

「とんかつビート、アゲてやるぜ」

揚太郎はＤＪブースに置かれたＭＰＣに視線を落とす。

それはAKAI《アカイ》プロフェッショナル社が開発したデジタル楽器。特徴は四角いパッドが格子《こうし》状に並んでいるパッドコントローラー。各パッドにはサンプル音源を記録させることができ、そのパッドを叩くとそこに記録された音源を流すことができる。キックやスネアだけでなく掛け声や各種エフェクト音など様々な音を奏《かな》でられるドラムマシンみたいなものだ。

揚太郎は中指と人差し指で、MPCの各パッドを叩いていく。

そのパッドに記録されていた音が、スピーカーからフロアに流れる。

トン。トントン。

チャ。サッサ。

ムシャ。

チリチリ。チュン。

チュキッチュン。

チャアアア。

フロアのクラブ客はなにが起きているのかわからずに呆然《ぼうぜん》としている。

揚太郎はパッドを叩き続け、あらかじめ録音していたそれらの音を組み合わせていく。

やがて揚太郎の指先が、リズミカルにパッド上を跳ねはじめた。

揚太郎の頭に浮かんでいたのは、とんかつ屋『しぶかつ』の厨房だった。

溶き卵を作る菜箸とボウルが奏でる音。

キャベツの葉をむしり取る音。キャベツを千切りにしていく音。卵を割る音。

フロアに奏でられる音たちが、揚太郎の手によって徐々にグルーヴを作っていく。

豚肉につけた小麦粉を手で叩いて落とす音。〈つなぎ〉に豚肉をくぐらせる音。

揚太郎は仕上げとばかりに、今まで押していなかった一番上のパッドを押した。

ジュワアアアァァァァァ。

とんかつを揚げる油裂音。

それを合図に、揚太郎のとんかつサウンドが一つのループを生み出した。


フロアの端に立っていた揚作は、聞き覚えのあるその音たちに思わず目を閉じた。

苑子も少しずつ顔をほころばせて、リズムよく頷きはじめた。

とんかつ会の会員たちが、あまりの衝撃に驚愕《きょうがく》の言葉をこぼす。

「こ、これは……！」

「すべてとんかつの音じゃないか……！」

揚太郎はターンテーブルで回るレコードを、指先で逆回転に勢いよく回した。

しゅるるるる。

その瞬間――。

揚太郎はキック音とスネア音のループをフロアに落とす。

同時に、ＤＪブース前にいた球児、タカシ、満夫、錠助の四人がフロアのクラブ客に振り返り、みんなの止まっていた足を少しずつほぐすように身体を揺らしはじめた。

揚太郎はフロアの様子を見ながら、クラブ客の身体の揺れが止まらないよう、小気味よくスクラッチを入れていく。


始まったとんかつビートに、揚作は感動のあまり口元を隠した。

その隣では、ころもが肩を揺らしていた。

かつ代も少しずつ温まりはじめたフロアの雰囲気に、頭を振ってリズムを取った。

二階の審査員席では、屋敷が無言のまま揚太郎のＤＪプレイを見つめている。

揚太郎は再びジュワッと油裂音を入れてから、すかさずスクラッチをし、選び抜いたその一曲をミックスする。

とんかつビートに乗せて流されるその曲に、オイリーは思わず呟いた。

「あいつら……」

オイリーはDJブースの裏に用意された揚太郎のレコード箱へ視線を移した。

そこにはフロアのクラブ客に伝えるように、一枚のジャケットが掲げられていた。

ジャケットにはアフロヘアの男が二人。真ん中にはレコード名〈JUICY《ジューシー》&CRISPY《クリスピー》〉の文字。

それはオイリーが見つけた〈レア・グルーヴ〉。揚太郎が引き継いだ、とっておきのアナログ。最高にかっこいい繋ぎでブチかまされた『ジューシー・アンド・クリスピー』。

オイリーは笑顔をこぼしながら、とんかつビートと『ジューシー・アンド・クリスピー』のグルーヴに足を浮かせはじめた。

揚太郎はフェーダーコントロールとスクラッチを繰り返し、『ジューシー・アンド・クリスピー』を切り刻みはじめる。曲の一部だけをサンプリングし、とんかつビートのグルーヴを深めていく。

かつてビッグマスターフライがブロックパーティで沸かしていた伝説のトラック『ジュ

ーシー・アンド・クリスピー』は、時代を超えて揚太郎へと受け継がれ、揚太郎の手によって新たなグルーヴを作り出していた。

ルーツを知って継承していく。その意味を、揚太郎はすでにわかっていた。

今まではキャベツを切っているだけでなにも考えてなかったけど。

いつかの夜、閉店後の『しぶかつ』でとんかつを揚げる揚作の背中を見てわかったのだ。

ビッグマスターフライが誰のためにブロックパーティをアゲていたのか。

揚作が誰のためにとんかつを揚げていたのか。

豚を揚げるかフロアをアゲるかに、大した違いはない。

大切なのはグルーヴを感じること。みんなに多幸感を与えるグルーヴを感じること。

揚太郎は顔を上げてフロアを確認し、みんなが欲しているグルーヴを感じた。

そして多幸感溢れる揚太郎のグルーヴを作り出していった。


二階の審査員席の屋敷が、揚太郎の作り出すグルーヴにぴくっと反応した。

フロアでは苑子が揚太郎の作り出すグルーヴの中で、ＤＪブースを笑顔で見上げていた。

揚作は揚太郎のグルーヴに熱くなる目頭を押さえた。

ころもとかつ代はテンションをアゲていき、ＤＪブース前で踊る球児、タカシ、満夫、錠助の動きを真似《まね》しはじめた。

揚太郎は再び『ジューシー・アンド・クリスピー』を細かく刻みはじめる。

今日のステージに立っているのは揚太郎だけじゃない。揚太郎はフロアのグルーヴに幼馴染みたちの入り込む隙間を作り出す。

そこへマイクを手にした球児、タカシ、満夫、錠助の四人が、それぞれの家業をレペゼンする。渋谷を支えるため円山町で継承されてきた仕事を、とっておきのリリックで魅せつける。

『東横《とうよこ》ネオン電飾』三代目の球児。

『宇田川《うだがわ》ブックセンター』三代目のタカシ。

『道玄坂薬局』三代目の錠助。

『円山旅館』三代目の満夫。

「騒げー!」

最後に満夫がフロアを煽り、四人はマイクを置いた。

揚太郎はレコードを勢いよく逆回転させ、すかさずフェーダーコントロールを入れて『ジューシー・アンド・クリスピー』の〈レア・グルーヴ〉をフロアへ流し込んだ。

揚太郎は片方のターンテーブルで回るレコードをひっくり返す。

幼馴染みたちに続いてレペゼンするのは、揚太郎のとんかつ屋『しぶかつ』だ。

かちゃかちゃと高速でクロスフェーダーをいじるその動きは、キャベツの千切りで鍛え上げられたもの。

レコードに手をのせスクラッチするその動きは、テーブルを布巾で拭いていく店内清掃で鍛え上げられたもの。

揚太郎はとんかつベースにさらなるエッジを加え、フロアの熱をアゲていく。

そこは揚太郎にとっての揚げ場。フロア空間はフライヤー空間。クラブ客の熱気を一七〇℃～一七五℃へと高めていく。最高のとんかつを揚げる温度へと……。

ふと、フロアを確認した揚太郎は、二階の審査員席から一人いなくなっていることに気づいた。

思わず手が止まりそうになり、揚太郎は慌てて意識をＤＪ機材へと戻す。ぞわっと背中に鳥肌が立った。初舞台に棲《す》む魔物の吐息が揚太郎の頭にリフレインした。

（……違う。オレはもう、あのときのオレじゃねえ）

揚太郎はリズムに合わせてスクラッチを入れていき、自身が見つけた隠れた真実、とんかつとＤＪは同じだという発見を体現していく。

（豚を揚げるかフロアをアゲるかに大した違いはねえ！　大切なのはグルーヴを――）

そのとき。

ＤＪブースに屋敷が入ってきた。

屋敷はタブレットを手にしていた。揚太郎のすぐそばに立った屋敷は、タブレットから伸びるコードをＤＪ機材につなぎはじめた。

「屋敷くん……？」

グルーヴをキープしながら揚太郎は困惑の表情を浮かべた。

だが屋敷は揚太郎をちらりと窺《うかが》っただけで、手にしていたタブレットのアプリを起動させた。

操作はフロアの端っこで、ＤＪブースに突如として現れた屋敷の姿に腕を組んだ。

ころもがＤＪブースを見上げたまま、かつ代の耳に顔を寄せて訊く。

「なにやってるの？」

かつ代は答えられなかった。

揚太郎はＤＪ機材から手をのけた。

屋敷がフロアに流れていたとんかつビートを消していく。

その様子を見ていた揚太郎の頭には、この前のイベントでの失敗が浮かんでいた。

——そこ、どいて。

あのイベントのときに屋敷から言われた言葉が揚太郎の脳裏をかすめた。

ＤＪブース前で踊っていた球児、タカシ、満夫、錠助の四人も、足を止めて振り返った。

フロアに流れていた曲のＢＰＭ——ビーツ・パー・ミニットの略称、一分間に刻まれる拍数のことで、曲のテンポを表す——が上がっていく。

四つ打ちキックが始まり、突然の屋敷の登場にクラブ客が歓声を上げた。

フロアからとんかつビートが消され、オイリーは動揺していた。

オイリーも、揚太郎が失敗したこの前のイベントを思い出していた。音を止めた揚太郎を追いやって、屋敷がＤＪブースを乗っ取ったときのものだ。

でもこの前のイベントとは違って、揚太郎のとんかつビートは最高のグルーヴでフロアをアゲていたはずだ。

もしかして屋敷は、『ＷＯＭＢ』から揚太郎を締め出そうと考えているのだろうか。

この『ＷＯＭＢ』にとんかつはふさわしくないと……。

「いや……」

オイリーは屋敷の作り出すグルーヴに違和感を覚えた。

それはまだグルーヴを生み出していなかった。

足りなかったのだ。中音と高音が。

屋敷はフロアの床に蓋《ふた》をするように、スピーカーから出力される音をローパスで低域から中域にとどめていた。音域の高音側を遮断するローパスフィルタによって、床下に閉じ込められたいくつもの音が、フロアの床をぽこぽこと突き上げるように叩いている。

それは屋敷が意図的に行っていることだった。タブレットを持っていた屋敷は、もう片方の手でミキサーのツマミを絞っていた。

まるで中音と高音のスペースに、誰かがやってくることを待っているように。


揚太郎も屋敷の作り出すグルーヴが不完全だということに気づいていた。

ふと、屋敷が揚太郎へ顔を向けた。

彼はなにも言わなかったが、揚太郎にはそれで十分だった。

揚太郎は殊勝な笑みを浮かべた。そしてヘッドフォンを頭から外し、首にかけた。

ＤＪ機材の操作は屋敷に任せ、揚太郎は再びＡＫＡＩのＭＰＣに向きなおる。

揚太郎はとんかつサウンドが記録された各パッドをリズミカルに叩きはじめた。

新たな即興とんかつベースが、屋敷の空けていた中音から高音のスペースで飛び跳ねる。

揚太郎のとんかつベースと、屋敷のクールなエレクトロベースとが、反発しながらも徐々に溶け合いだしていく。


球児、タカシ、満夫、錠助の四人は、ＤＪブースで競演を始めた揚太郎と屋敷の様子に顔を見合わせた。

二人がやろうとしていることを察し、四人は再びフロアに身体を向け踊りだす。


異様な熱気に包まれていくフロア。

苑子は自然と軽くなっていく身体に、興奮を隠しきれぬ様子でシマ子と笑い合った。

オイリーは揚太郎と屋敷が作り出そうとするグルーヴに、期待に胸を膨らませていた。

溝黒も口元をほころばせて、頭でリズムを取りはじめている。

オイリーは思った。こいつらなら、ひょっとしたら……。

揚太郎は一心にMPCのパッドを叩き続けた。ループはもう作る必要がなかった。あとは全身で感じるグルーヴに合わせるだけだ。

揚太郎は隣に顔を向ける。

屋敷は揚太郎と目を合わせ、わずかに頷いた。

フロアに顔を戻した揚太郎は、クラブ客の向こう側にキラキラと光り輝く天国への扉を見つけた。すでにその扉はとんかつベースとエレクトロベースによって、無数の亀裂が蜘《く》蛛《も》の巣のように走りはじめていた。

もう少しで開く。

屋敷がミキサーをいじりながら、タブレット画面に人差し指の先を押しつけた。

テンションのかかったライザー音とホワイトノイズが渦を巻き、フロアの音をからめとっていく。

揚太郎はその渦の中へとありったけのとんかつベースを打ち込んでいく。

揚太郎のとんかつベースを飲み込んだ屋敷のエフェクトが、天国への扉を力ずくで押し開ける。

向こう側の世界から、シンセサイザーの高音レーザー音が漏れ出したその瞬間――。

二人はフロアの床に閉じ込めていたすべての音を解放した。

天国への扉がブチ開けられた。

光り輝く七色のレーザー音がフロア内に降り注ぐ。

揚太郎のとんかつベースがシャボン玉のようにはじけ飛び、四方八方に小さな虹を無数にちりばめる。

屋敷はMPCのパッドを夢中で叩く揚太郎を見た。続けて屋敷は揚太郎に最後の仕上げをさせるため、フロアのグルーヴをまとめ上げていく。

揚太郎は屋敷と作り上げたグルーヴの最後のピースを感じた。

そして最高のタイミングで、揚太郎はパッドコントローラーの一番上のパッドを押した。

ジュワアアアアァァァァ

フロアは完全にアゲあがった。

そこはすでに天界。クラブ客たちが飛び跳ねているのは真っ白な雲海。

揚太郎と屋敷によって切り開かれた世界。

揚太郎は肩で呼吸をしながら、フロアを見つめた。

フロアに集まるみんなが、恍惚《こうこつ》の表情を浮かべながら両手を上げていた。

揚太郎はしばらくその歓声を聞いていた。

「アゲ太郎くん」

揚太郎はその声に顔を向ける。

隣に立っていた屋敷が、揚太郎を見つめて言う。

「まんまと僕もアゲられたよ」

屋敷はＤＪブースに両手をつき、フロアを見回した。

「今、フロアは最高のグルーヴに包まれている。次、アゲ太郎くんがかけるトラックが、きっとみんなにとって忘れられない一曲になるよ」

揚太郎はフロアに顔を戻した。

オイリー、揚作、ころも、かつ代、そして苑子と目が合った。

みんな揚太郎を見上げながら、次の曲がかかるのを楽しそうに待っていた。

揚太郎は屋敷へ振り向き、

「屋敷くん……」

感謝の言葉を繋げようとしたが、屋敷はそれを求めていなかった。

屋敷はなにも言わないまま、それでも少しだけ笑みを漏らしてタブレットを手にＤＪブースを出ていった。

揚太郎はフロアの様子を確認し、一枚のレコードを取り出してターンテーブルにセットした。

（この一曲が、みんなにとって忘れられない一曲……）

回りはじめたレコードに針を落とし、揚太郎はヘッドフォンを頭にはめ、クイックミックスでその曲を再生した。

流れはじめたその曲に、フロアにいた苑子は口元を両手で隠した。

揚作、ころも、かつ代がフロアで楽しそうに飛び跳ねている。

ステージでは球児、タカシ、満夫、錠助の四人が、全力のパフォーマンスでフロアのクラブ客のノリに一体感を作っている。

オイリーは揚太郎のＤＪプレイに浸りながら、人目もはばからずに踊っていた。

溝黒が歯をのぞかせながらオイリーの肩に手を置く。

「オイリー」

「ん？」

「あいつ、ビッグになるよ」

溝黒に言われ、オイリーは笑った。

「ああ」

自身の〈レア・グルーヴ〉である『ジューシー・アンド・クリスピー』が受け継がれていた嬉しさを、オイリーはもう隠そうとはしなかった。

ＤＪブースから、揚太郎はフロアを包み込むグルーヴに唇を噛みしめていた。

流れているのはベリンダ・カーライルの『ヘヴン・イズ・ア・プレイス・オン・アース』。讃美歌を歌うように、いくつもの女性の歌声がフロアに響き渡っている。

その歌声をリードするベリンダ・カーライルが、愛さえあれば地上にだって天国は作れるんだと力強く歌っている。

いろんな色をしたライティングに照らされて、フロアのみんなが両手で作ったハート形を天へと掲げていた。

新人ＤＪたちのすべてのパフォーマンスが終わった。〈ニュー・マンスリー・ＤＪ・オーディション〉のイベントも、残すは結果発表だけになった。

ステージには、イベントに参加した出演者の新人ＤＪたちが集まっていた。みんな優勝を祈って緊張の面持ちを浮かべていた。

「いよいよ、結果発表！」

ＭＣの言葉に、フロアのクラブ客たちが待ち望んでいたように歓声を上げた。

二階の審査員席からは、屋敷もステージの新人ＤＪたちを見守っている。

ＭＣがフロアに向かって二つ折りにされた紙を突きつける。そこに書かれているのが優勝者の名前だ。

「『ＷＯＭＢ』の新たなスターに盛大な拍手を送ってくれ」

ＭＣが審査結果の紙を広げる。フロアのクラブ客たちが固唾《かたず》を呑《の》んでその様子を見守る。

ふと、フロアのシマ子が気づいたように呟いた。

「あれ、揚太郎くんたちいなくない？」

結果発表にソワソワしていた苑子は、顔を上げてステージ上を探した。イベント参加の出演者たちがずらりと並んでいるが、その中には一組だけ出演者が足りなかった。

胸の前で組んでいた苑子の両手が自然とほどけていった。

「優勝は『ＤＪ　ＲＹＯＵＳＵＫＥ《リヨウスケ》』！」

ＭＣがキレの効いた動きで出演者の一人を指さした。

「よっしゃー！」

指さされた『ＤＪ　ＲＹＯＵＳＵＫＥ』が歓喜のあまり飛び上がった。

フロアのクラブ客たちが『DJ RYOUSUKE』に拍手喝《かっ》さいを送る。

苑子はつま先立ちをしてステージ上を見上げるが、探している出演者たちの姿は見つからなかった。

「あれ、どこだろう?」

苑子の独り言はフロアの興奮にかき消されていった。


「はい、ロースかつ定食!」

揚太郎がテーブルに注文を届けると、待っていたお客さんたちが拍手で出迎えた。

とんかつ屋『しぶかつ』の店内はにぎわっていた。

今日は店を閉めていた『しぶかつ』だったが、クラブイベントへ迷い込んだ〈とんかつを食べ歩いて愛する会〉のために臨時営業とあいなったのだ。

空腹の荒野をひた歩いてきたとんかつ会のオアシスとして、『しぶかつ』の店内は超満員になっていた。

「二番さん、ヒレ二丁!」

元気にオーダーを取るころもが、厨房のかつ代へと伝えた。

そのすぐそばのテーブルでは、球児、タカシ、満夫、錠助の四人が奇抜な衣装のままとんかつを頬張っていた。今日は緊張でなにも食べられていなかったようだ。ロースかつとヒレかつを箸で奪い合いながらはしゃいでいる。

「うるせー」

カウンター席でとんかつを食べていたオイリーが四人を注意した。だがそんなオイリーも隣の溝黒と一緒にぺちゃくちゃ話しながらとんかつを食べていた。すでにビール瓶《びん》を何本か開けており、溝黒は顔が真っ赤だ。

店内には幸福感溢れるグルーヴが作られていた。

そのグルーヴをホールで作り上げていた揚太郎は、ふと視線を感じ、振り返った。

揚げ場にいた揚作と目が合った。

揚作は楽しそうに笑いながら頷いた。

揚太郎は笑みをこぼし、店の扉を開けて、店先に列を作っているとんかつ会のお客さんたちを店内へと迎え入れた。

「二名様、中どうぞ〜！」

そんな揚太郎たちを見守るように、〈営業中〉の札がかけられたとんかつ屋『しぶかつ』を、青空に浮かぶ太陽が優しく照らしていた。

『円山旅館』の地下にある空き宴会場。

空っぽのお手製フロアには、ラジカセから流れる音楽が漂っていた。

ザ・ネイキッド・アンド・フェイマスの『ハイヤー』。

DJブースにつけられた〈DJ〉の文字電光がひとりでに灯りをともし、向かいに置かれたテレビの真っ黒な画面にそれを投影させた。

テレビの上には人生ゲームのコマが五つ置かれていた。揚太郎、球児、タカシ、満夫、錠助のそれぞれを模した五つのコマは、どこか余韻《よいん》に浸るようにその曲を聴いていた。

今は五人だけの天国で盛りアガッちゃえというふうに。

エピローグ

後日……。

揚太郎《あげたろう》は菜箸《さいばし》を携《たずさ》えながら、揚げ場のフライヤーと向き合っていた。

フライヤーの中で熱された琥珀《こはく》色の油にたゆたう一枚のとんかつ。プチプチという油裂《ゆれつ》音《おん》を立てながら、そのとんかつは今まさに揚げあがろうとしている。

「このかつが、お前の人生で初めて揚げるかつになる」

緊張している揚太郎の後ろで、腕を組んでいる揚作《あげさく》が言った。

「普段、見ている通り、お前がいいと思ったタイミングで引きあげろ」

揚太郎は呼吸を整えながら油裂音に集中する。

とんかつを油から抜き取る最高のタイミングは、泡が小さくなってきた瞬間だ。

油裂音が、プチプチプチプチプチから、プップップップッへ変わる、その瞬間……。

揚太郎は目蓋《まぶた》を下ろした。

（同じだ……）

揚太郎の目蓋の裏に映ったのは、空き宴会場のＤＪブースでＤＪ機材をいじっているときの光景だった。

ターンテーブルでレコードを何度も滑らせ、曲のアタマを探し出す。

そのアタマから曲がフロアに流れるよう、タイミングを合わせてクロスフェーダーをはじく。

それはクイックミックスの練習をしているときの光景……。

「今だ!!」

揚太郎は菜箸をフライヤーの中へと突っ込み、琥珀色の油からとんかつをすくいとった。

高熱の油を滴《したた》らせながら、ジュワアァァァァという音を立てるそのとんかつは、揚げあがった衣を金色に輝かせていた。

「これが……オレの……初めて揚げたとん――」

扉が開く音に遮《さえぎ》られ、揚太郎は揚作と同時に店の出入り口へと顔を向けた。

扉を半開きにしながら、一人の女性が店内を覗《のぞ》いていた。彼女と一緒に入り込んでくる陽光が、揚太郎の顔を明るく照らした。

「苑子《そのこ》ちゃん……どうしたの？」

名前を呼ばれた苑子は、少し嬉《うれ》しそうにしながら言う。

「とんかつ、食べに来ました」

店内に生まれたその声に、揚太郎は思わず菜箸で摑《つか》んだままのとんかつを見た。

勝又《かつまた》揚太郎。二十一歳。とんかつ屋『しぶかつ』三代目。

父・揚作にとっては世話の焼ける三代目。

オイリーにとってはゴールデンボーイ。

球児《きゅうじ》、タカシ、満夫《みつお》、錠助《じょうすけ》にとっては幼馴染《おさななじ》みのアゲ。

妹・ころもにとっては不肖の兄で、母・かつ代《よ》にとってはかわいい息子。

そんな様々な顔を持つ揚太郎には、ちょっと意外なもう一つの顔がある。

揚太郎はとんかつを掲げたまま、苑子に向かって笑みをこぼした。

そこにあった顔は、豚《ぶた》も揚げてフロアもアゲられる『とんかつＤＪアゲ太郎』だった。

了

※この作品はフィクションです。実在の人物・団体・事件などにはいっさい関係ありません。

集英社オレンジ文庫をお買い上げいただき、ありがとうございます。
ご意見・ご感想をお待ちしております。

●あて先
〒101-8050　東京都千代田区一ツ橋2-5-10
集英社オレンジ文庫編集部 気付
折輝真透先生／イーピャオ先生・小山ゆうじろう先生

映画ノベライズ
とんかつDJアゲ太郎

集英社
オレンジ文庫

2020年6月24日　第1刷発行

著　者　折輝真透
原　作　イーピャオ・小山ゆうじろう
脚　本　二宮　健
編集協力　添田洋平(つばめプロダクション)
発行者　北畠輝幸
発行所　株式会社集英社
〒101-8050東京都千代田区一ツ橋2-5-10
電話【編集部】03-3230-6352
【読者係】03-3230-6080
【販売部】03-3230-6393（書店専用）
印刷所　株式会社美松堂／中央精版印刷株式会社

※定価はカバーに表示してあります

ISBN 978-4-08-680322-9 C0193

集英社オレンジ文庫

ひずき優

小説 不能犯 女子高生と電話ボックスの殺し屋

原作／宮月 新・神崎裕也

巷でその存在が噂される『電話ボックスの殺し屋』。
彼に依頼をした4人の女子高生が辿る運命は…?

小説 不能犯 墜ちる女

原作・小説原案／宮月 新　漫画／神崎裕也

デリヘル勤務の夏美は、素性を隠して婚活していた。
会社員の男性と婚約したが、彼の後輩に秘密を知られて…。

好評発売中

【電子書籍版も配信中　詳しくはこちら→http://ebooks.shueisha.co.jp/orange/】

集英社オレンジ文庫

大ヒット映画の感動を小説でもう一度。

映画ノベライズ

シリーズ

藍川竜樹 覚悟はいいかそこの女子。 原作／椎葉ナナ

岡本千紘 先生！ 、、、好きになってもいいですか？ 原作／河原和音

樹島千草 虹色デイズ 原作／水野美波

きりしま志帆 ママレード・ボーイ 原作／吉住 渉
オオカミ少女と黒王子 原作／八田鮎子

後白河安寿 町田くんの世界 原作／安藤ゆき

下川香苗 honey 原作／目黒あむ
青空エール 原作／河原和音
ストロボ・エッジ 原作／咲坂伊緒

神埜明美 高台家の人々 原作／森本梢子
俺物語!! 原作／アルコ・河原和音

せひらあやみ ヒロイン失格 原作／幸田もも子
センセイ君主 原作／幸田もも子

ひずき優 ひるなかの流星 原作／やまもり三香

山本 瑤 プリンシパル 恋する私はヒロインですか？ 原作／いくえみ綾

好評発売中

【電子書籍版も配信中 詳しくはこちら→http://ebooks.shueisha.co.jp/orange/】